世界第一簡單
英文論文寫作

坂本真樹◎著

陳朕疆◎譯

台灣師範大學翻譯研究所教授 廖柏森◎審訂

前言

　　本書是針對雖不擅長英文，但在學習或工作上時常需要閱讀英文學術論文，或用英文書寫、發表研究成果的讀者所著的基礎入門書。

　　適合本書的讀者有：

　　・需時常閱讀英文、以英文書寫，或以英文報告的大學生。

　　・需閱讀及書寫英文論文，並於國際學術會議發表研究成果的研究生。

　　本書以一位剛進入研究所就讀，苦於不擅英文讀寫的女研究生為主角，描寫她接受學長姊的指導，努力克服英文障礙的過程。

　　筆者在日本常於理工學系為主的國立大學指導學生們作研究。研究室裡常見到許多擅長理工科目，卻缺乏英文能力的學生。例如有位 TOEIC 400 分的學生，雖然能以英文進行日常對話，但在研究所，必須閱讀許多以英文寫成的論文，就算一一查字典，好不容易終於看完了英文論文，要發表研究成果時，又在英文論文的寫作上煞費苦心。除此之外，參加國際學術會議時，也需要以英文發表研究成果，不擅長英文的學生會在此耗費許多時間。筆者以自己指導周遭學生的經驗寫成本書，而根據經驗，學生們常見的障礙有以下五點：

　　1. 不了解單字的意思而一直查字典，浪費許多時間。

　　2. 雖然明白單字的意思，但不了解句型結構，也不曉得句子的意思。

　　3. 花許多時間將原文翻譯成英文。

　　4. 用網路翻譯卻翻得很失敗。

　　5. 無法從零開始寫出一篇長篇英文論文，就算勉強寫出來也難以理解。

　　看到學生們吃盡苦頭，筆者希望能幫助他們克服這些困難，減輕負擔，因而決定寫下本書。光是讀過學校的英文教科書，就要上台用英文報告，似乎過於強人所難。但若能學會怎麼寫英文文章，除了單純的問答之外，

就連上台報告都能輕鬆完成。

　　英文的教學書籍一般都是由英文教育專家執筆。筆者雖然畢業於東京外國語大學，現在卻是百分之百的理工領域研究者，甚至負責指導學生的研究工作。或許在英文教育專家的眼中看來，這本由學經歷血統不純的作者寫出來的書，講的都是一些投機取巧的方法。但筆者認為，比起「英文教育專家」，能夠解讀「爛英文」的作者所著作的書，或許會更貼近讀者。希望各位讀者在讀過本書後，能興起一股「想實踐書中做法」的動力。由於筆者的母語並不是英語，因此本書請了一位自幼年到出社會都在英語環境下受教育的海外歸國人士，實業家平原由美小姐，以專業的英文能力確認本書內容是否正確。

　　最後，請讓我向負責漫畫的深森秋以及TREND‧PRO的各位致上最深的謝意。在精美的漫畫完成後，令人感到不耐煩的校正作業，也成了相當有趣的工作。筆者本來在 2011 年就開始打算著作本書，但因為各種原因拖延，至今才終於順利出版。非常感謝歐姆社編輯部的各位，在這段期間沒有放棄本書，持續推進計畫時程。此外，本書所用的英文例子、報告使用的資料等，皆取自筆者研究室當時的研究生或筆者與研究者們共同發表的論文，這些論文列在本書的參考文獻。誠心感謝各位爽快地答應讓我把這些論文用於本書中。

　　2016 年 10 月

坂本真樹

目次

序章

用英文寫論文？
寫不出來啦！

5

那個…
我想問的是…

原來如此，為了作為英文論文的參考，想讀我的論文啊…

很抱歉…

我能理解你的心情。

咦？

博井學姊的英文閱讀和寫作不是都很完美嗎～？

其實我只是因為喜歡做研究才來讀博士…

咦？
是這樣嗎？

難以置信…

我的英文並沒有特別好喔。

如果要在國際場合發表研究成果，就非得用英文不可啊！

當我下了一番工夫學習後，掌握了一些訣竅。

訣竅？

知道訣竅之後，寫論文就不是什麼難事了

請…

請你教我英文論文寫作的訣竅吧！

不要～

為什麼！！剛才不是還要我直接問你的嗎？

這是兩碼子事，我可是有很多事要忙的喔！

別這麼說嘛…

我可是很忙的…

香味撲鼻～

嗯？

拜託你啦！

只要是我能做到的事，
我什麼都願意做～！
拜託你啦！！

什麼都願意…

是嗎…

吞口水

我知道了。

教你也無妨。

耶！

那…

我該幫學姊做些
什麼呢…？

現在不太方便…

之後再說吧…

第1章

英文學術論文的閱讀①
抓住實字，掌握概要

1. 只要知道單字意思，不會文法也看得懂！

「實字」是指
什麼呢…？

如果只是想粗略了解文章
意思，只要讀「實字」就
行了。

不管是英語還是任何
語言，都可分為「實字」
和「虛字」兩種

實字

虛字

像 dog 這種語詞本身就
有其實際意義的詞稱作
「實字」…

而像 the 或 on 這種在文
法上用來組成句子的語
詞則稱作「虛字」。

原來如此…

英文單字本上出現的單
字幾乎都是實字喔！

翻翻翻…

不把英文文章當作「文章」,而是把它想成「實字的排列」。

也就是說,把焦點放在「實字」就好。

〔 英文文章 〕

字	實字		實 字		實字
	實字			實字	
實字		實 字		實字	實 字
					實字

咦～可以這樣看啊!

實字		實 字	實字	實字

如果要翻譯文章…

正確地翻譯

需要具備能解析英文句型的文法能力,才能抓到單字與單字間的關係,會耗費許多精力。

英文文法

好累啊～

實 字
實字
實 字
實 字
實字
實 字
實 字
實字
實 字

先別去管單字之間的關係,只從每個單字的意思去猜測,大概也能猜出內容是什麼。

啊——好像真的是這樣耶!

14

實字可依照詞性分為「名詞」、「動詞」、「形容詞」、「副詞」等等。

振筆疾書

讓我看看…

可以整理成這樣的表格。

【　實字的種類　】

名詞	事物的名稱	狗、學校、自然‧等	dog, school, nature
動詞	動作	跑、吃‧等	run, eat
形容詞	修飾名詞	大的、甜的‧等	big, sweet
副詞	修飾動詞或句子	慢慢地、非常地‧等	slowly, very,

而虛字的種類則包括…

【　虛字的種類　】

冠詞	a, an, the	助動詞	can, could, will, would, should 等
介系詞	in, at, for 等	人稱代名詞	I, you, we, my, your, he, she, it 等
be 動詞	is, am, are 等	連接詞	and, but, or
關係詞	who, that, where, when, why, how 等		

…大概是這樣。

看起來清楚多了！

Color information in a document is unconsciously considered essential in helping the understanding of the text content. For instance, readers rely on the use of color to grasp the outline of the document quickly. Furthermore, it has been shown that the colors in a document are also effective in aiding the memorization and recognition of the text content. In this paper, we pursue the possibility of proposing the colors, which have cognitive associations with the content, to convey and strengthen the message delivered by the textual information.

從這裡面把名詞、動詞、形容詞、副詞等實字都挑出來吧

好的

color / information / document / unconsciously / considered / essential /
helping / understanding / text / content / for instance / reader / rely /
color / grasp / outline / document / quickly / showed / colors /
document / effective / memorize / recognize / text / contents /
paper / pursue / possibility / proposing / colors / have /
cognitive / association / text / convey / strengthen /
message / textual / information

這樣可以嗎？

嗯，接著把單字直接翻譯出來看看。

嗯…

顏色 ／ 資訊 ／ 文件 ／ 不經意地 ／ 被考慮 ／ 必須的 ／
幫助 ／ 理解 ／ 文本 ／ 內容 ／ 舉例來說 ／ 讀者 ／ 依賴 ／
顏色 ／ 掌握 ／ 大綱 ／ 文件 ／ 快速地 ／ 顯示 ／ 顏色 ／
文件 ／ 有效的 ／ 記憶 ／ 識別 ／ 文本 ／ 內容 ／
論文 ／ 追求 ／ 可能性 ／ 提議 ／ 顏色 ／ 擁有 ／
認知的 ／ 聯想 ／ 文本 ／ 傳達 ／ 強化 ／ 訊息 ／
文本的 ／ 資訊

…像這樣嗎？

如何？

這樣也大概看得出文章的意思吧？

哦哦——

真的耶！從這些文字去推測，也大概猜得出文章的意思！

美國作為民族大熔爐，許多人的母語並不是英文。

然而，英語溝通能力卻不見得如我們想像得好。

是這樣啊？不過好像真的有這樣的感覺…

因為大家都太在意文法正不正確…

許多人比起想傳達的內容或重要的單字意思，更在意文法有沒有用對。

因為學校要我們做一大堆文法題嘛…

有些人說話時，會將傳達自己的想法當作主要目的，

所以會優先記住有意義的字。

接著，他們會使用這些字積極的與其他人溝通，不去管文法的正確性。

而這種溝通方式通常也比較容易理解。

這麼說來…

來留學的查達同學在剛來日本的時候，說出來的句子也只是把一堆單字連在一起而已。

不過，我們還是能大略聽得懂他想表達的意思呢～

最喜歡！

咖哩！

來吃吧！

是、是沒錯啦…

由此看來，不只是英文論文，一般會話、英文閱讀、英文作文之中…

單字量永遠是一大重點！

2. 英文論文用字沒想像中的多

舉例來說，單字acceptable（可接受的），便是由 accept（接受、認可）衍生出的形容詞，所以意思很好猜吧？

accept ——— acceptable

只要知道 accept 的意思，

就能一起記住 acceptability（可接受性）、unacceptable（不被接受的）相關單字。

accept ——— acceptability
           unacceptable
           acceptance
           ：

這些都是英文論文經常出現的單字。

哦哦…

這些單字的意思，的確推測得出來耶！

比如說…

We believe that…

我們知道這句的 believe 代表「認為、相信」的意思。

這些相似的句型中…

We assume that…
We suppose that…
We argue that…
We hypothesize that…

再來要講一種有點亂來的記憶方式…

就算原本不曉得 assume, suppose, argue, hypothesize 是什麼意思，也能想像它們的意思應該差不多。

嗯…一想到之後要面對的東西，不好好準備一下不行啊～…

不能再散漫下去了！

現在有網路字典可以用，就用那個吧。

善用個人電腦可以讓你的英文學習更上一層樓。

是這樣嗎？

我以前會用 Excel 把專業用語的翻譯及例句記下來喔。

Excel

習慣之後，如果想到某些字「好像也可以這樣用」時，我也會一起記錄下來

就是要做一本自己的單字本對吧！

就是這樣。

如果是買得到的東西，我打算順便買回來⋯

啊，啊啊⋯

外面買不到啦⋯

是這樣嗎⋯

那到底是什麼呢？

這⋯這個嘛⋯

總、總之你快去書店吧，快關門囉！

啊⋯糟糕！

那我走了！

呼

啪噠啪噠啪噠

臉紅～～

我還沒做好心理準備啦⋯

論文中常用的 580 個單字

嚴選

單字	詞性	意思	備註
absolute	形容詞	絕對的	an absolute value（絕對值）
abstract	形容詞	抽象的、摘要	an abstract of the paper（論文的摘要）
academic	形容詞	學術的	an academic journal（學術期刊）
acceptable	形容詞	可接受的	an acceptable sentence（可接受的文句）
accidental	形容詞	偶然的	an accidental coincidence（偶然相同）
accordance	名詞	相符	according to Sakamoto (2013)（根據 Sakamoto（2013）的研究）
account	名詞	說明	account for the data（說明資料）
achieve	動詞	達成	achieve the goal（達成目標）
acknowledge	動詞	感謝	acknowledgment（謝詞）
additional	形容詞	追加的	in addition（此外）
address	動詞	處理	address the issuee（處理問題）
adequate	形容詞	恰當的	an adequate account（恰當的說明）
admit	動詞	承認	as the author admits（獲作者認可）
adopt	動詞	採納	adopt the model（採納這個模型）
advance	動詞	提出	advance a new model（提出新的模型）
advantage	名詞	優點	an advantage of the approach（此方法的優點）
affect	動詞	影響	affect the analysis（影響分析結果）
affiliation	名詞	隸屬	a current affiliation（目前的隸屬機構）
agreement	名詞	共識	there is little agreement on this point（關於這點一直無法達成共識）
aim	名詞	目的	the aim of this paper（這篇論文的目的）
alternative	形容詞	另一種的	an alternative explanation（另一種說明）
ambiguous	形容詞	模糊的	an ambiguous expression（模糊的表達）
amount	名詞	量	a large amount of data（大量資料）
analogous	形容詞	類似的	analogous results（類似結果）
analysis	名詞	分析	analyses（複數型）analyze（分析）（動詞）
anonymous	形容詞	匿名的	anonymous reviewers（匿名審查者）

單字	詞性	意思	備註
apparatus	名 詞	裝置	a conceptual apparatus（概念系統）
apparent	形容詞	明顯的	an apparent counterexample（明顯的反例）
appendix	名 詞	附錄	Appendix A（附錄 A）（這個字不使用冠詞）
applicable	形容詞	適用	apply to（～適用於）
approach	名 詞	接近	approach the problem（處理問題）後接受詞
appropriate	形容詞	適合的	an appropriate explanation（適合的說明）
approximately	副 詞	大約地	approximate（大約的）
arbitrary	形容詞	恣意	an arbitrary relationship（恣意的關係）
argument	名 詞	爭論	argue（爭論）（動詞）
aspect	名 詞	方面	
associate	動 詞	連結	associate A with B（連結 A 與 B）
assumption	名 詞	假定	assume（假定）（動詞）
attribute	名 詞	屬性	
attempt	動 詞	嘗試	attempt to explain（嘗試說明）
average	名 詞	平均	average value（平均值）
background	名 詞	背景	
based	形容詞	基於	based on the previous researchh（基於過去的研究）
basically	副 詞	基本上	basic（基本上）
basis	名 詞	基礎	
bibliography	名 詞	參考文獻	
bold	名 詞	粗體字	
boundary	名 詞	界限	
briefly	副 詞	簡潔地	brief（簡潔的）
capture	動 詞	抓住	
categorize	動 詞	目錄化	category（目錄） categorization（目錄化）（名詞）
central	形容詞	中心的	
challenging	形容詞	有挑戰性的	
characterize	動 詞	加上特徵	charactereistic（獨特的）
cite	動 詞	引用	citation（引用）（名詞）
claim	動 詞	主張	
clarify	動 詞	使明朗	clarification（使明朗化）（名詞）
classic	形容詞	古典的	

單字	詞性	意思	備註
classification	名詞	分類	classify（分類）（動詞）
clearly	副詞	清楚地	clear（清楚的）
closely	副詞	仔細地	close（仔細的）
clue	名詞	線索	provide clues to answering（提供幫助解答的線索）
coherent	形容詞	前後一貫的	coherence（一貫性）
collaboration	名詞	共同	collaborate（共同合作）（動詞）
column	名詞	縱行	the leftmost / rightmost column（最左／右的縱行）
common	形容詞	共通的	commonality（共通性）
comparable	形容詞	可比較的	
comparative	形容詞	比較的	compare A to / with B（將 A 與 B 互相比較）
compatible	形容詞	可兼容的	be compatible with A（與 A 相容）
competing	形容詞	競爭的	two competing theories（兩個互相競爭的理論）
complementary	形容詞	互補的	a complementary distribution（互補分布）
completely	副詞	完全地	complete（完全的）
complex	形容詞	複雜的	complexity（複雜程度）
complicated	形容詞	複雜的	complicate（使複雜化）
component	名詞	組成要素	
comprehensive	形容詞	廣泛的	
conceptual	形容詞	概念上的	concept（概念）
concern	名詞	關於	concerning the issue（關於這個議題）
conclusion	名詞	結論	conclusive（決定性的），conclude（下結論）
concrete	形容詞	具體的	conceretely（具體地）
condition	名詞	條件	under the condition that S+V（在～的條件下）
conduct	動詞	進行	conducct an experiment（進行實驗）
conference	名詞	學術研討會	
confirm	動詞	證實	
conflicting	形容詞	對立的	conflict（彼此對立）
conform	動詞	使一致	
consensus	名詞	意見一致	there is little consensus on A（對於 A 的意見並不一致）
consequence	名詞	結果	consequently（因此）
consider	動詞	考慮	reconsider（再考慮）

單字	詞性	意思	備註
considerable	形容詞	相當多的	considerably（相當多地）
consist	動 詞	組成	consist of two parts （由兩個部分組成）
consistent	形容詞	一致的	be consistent with A（與 A 一致）
constant	形容詞	固定的	常數（名詞）
constitute	動 詞	組成	be constituted by the elements （由這些要素組成）
constraint	名 詞	限制	constrain（限制）（動詞）
construct	動 詞	建構	construct a system（建構系統）
construe	動 詞	解釋	construal（解釋）（名詞）
content	名 詞	內容	a table of contents（目次）
continue	動 詞	持續	continuum（連續體）
contradict	動 詞	反駁	contradict the assumption（反駁假設）
contrary	形容詞	剛好相反的	contrary to the prediction（與預期相反）
contrast	名 詞	對照	in contrast with A（與 A 對照）
contribute	動 詞	貢獻	contribute to A（對 A 有所貢獻）
controversial	形容詞	有爭議的	
convenience	名 詞	方便	for convenience（為求方便）
convincing	形容詞	有說服力的	
cope	動 詞	處理	cope with A（處理 A）
correct	形容詞	正確的	correctly（正確地）
correlation	名 詞	相關	
correspond	動 詞	互相一致	correspond to the previous study （與先前的研究一致）
corroborate	動 詞	證實	
counterargument	名 詞	反駁的論點	
criterion	名 詞	基準	criteria（複數型）
critical	形容詞	關鍵性的	
criticize	動 詞	批評	criticism（批評）（名詞）
crucial	形容詞	非常重要的	
current	形容詞	當下的	current issue（當下的議題）
customary	形容詞	習慣上的	
D deal	動 詞	處理	deal with the problem（處理問題）
debatable	形容詞	有討論空間的	be debatable whether S + V （～是否正確仍有討論空間）

單字	詞性	意思	備註
decisive	形容詞	決定性的	
define	動詞	定義	definition（定義）（名詞）
definitely	副詞	明確地	definite（明確的）
degree	名詞	程度	to what degree（到什麼程度）
delineate	動詞	勾勒出輪廓	
demonstrate	動詞	展示	
depend	動詞	依賴	depend on A（取決於 A）
depth	名詞	深度	in depth（徹底地）
derive	動詞	衍生	
describe	動詞	描述	description（描述）（名詞）
deserve	動詞	應得	
designate	動詞	標出	
desirable	形容詞	令人嚮往的	
detail	名詞	細節	in more detail（更詳細地）
detect	動詞	檢測	detectable（可檢測出）
determine	動詞	決定	
device	名詞	裝置	devise（策劃）
devote	動詞	傾注於	considerable attention has been devoted to the phenomenon（這個現象受到相當多人的注目）
diagram	名詞	圖解	
dichotomy	名詞	二分法	
difference	名詞	相異	differentiate（區別出來）
dimension	名詞	面向	
direct	形容詞	直接的	directly（直接地）
directionality	名詞	方向性	
discipline	名詞	學術領域	interdisciplinary（各學科間的）
discussion	名詞	討論	discuss（討論）（動詞）
display	名詞	展示	
distinct	形容詞	不同的	
distinction	名詞	區別	distinctive（有辨識性的）
distinguish	動詞	區分	
distribution	名詞	分布	
diverse	形容詞	多樣的	diversity（多樣性）

單字	詞性	意思	備註
divide	動詞	劃分	be devided into A and B（劃分為 A 和 B）
doubtful	形容詞	可疑的	doubt（懷疑）
dual	形容詞	雙重	
dubious	形容詞	可疑的	
effective	形容詞	有效的	effect（效果）
elaborate	動詞	詳盡闡述	
element	名詞	元素	
elsewhere	副詞	在其他地方	
elucidate	動詞	闡明	
emergent	形容詞	突現的	emergent properties（突現性質）
emphasize	動詞	強調	emphasis（強調）（名詞）
empirical	形容詞	實證的	an empirical study（實證研究）
employ	動詞	使用	
enormous	形容詞	龐大的	
ensuing	形容詞	後續的	
ensure	動詞	保證	
entire	形容詞	全體的	entirely（完全地）
entitle	動詞	以…為標題	a paper entitled A（標題為 A 的論文）
enumerate	動詞	列舉	
equally	副詞	相同地	equal（相等）
equivalent	形容詞	等價的	
equivocal	形容詞	模稜兩可的	
especially	副詞	特別是	
essential	形容詞	不可或缺的	essence（本質）
establish	動詞	確立	
estimate	動詞	估計	
evidence	名詞	證據	evidently（明顯地）
evoke	動詞	喚起	
exact	形容詞	精確的	exactly（正確無誤地）
examine	動詞	檢查	examination（檢查）
example	名詞	範例	
exception	名詞	例外	
excerpt	名詞	摘錄	
exclude	動詞	排除	

單字	詞性	意思	備註
exclusively	副詞	排他地	exclusive（排他的）
exemplify	動詞	例示	
exert	動詞	發揮影響力	exert influence on A（對 A 產生影響）
exhaustive	形容詞	徹底的	
exhibit	動詞	展示	
existing	形容詞	現存的	exist（存在）
expand	動詞	擴大	expansion（擴大）（名詞）
experiment	名詞	實驗	an experimental approach（實驗研究法）
expertise	名詞	專業知識	expert（專家）
explanation	名詞	說明	explanatory（說明的）
explicate	動詞	解釋	
explicit	形容詞	明示的	explicitly（明示地）
explore	動詞	探索	exploration（探索）（名詞）
extensive	形容詞	廣泛的	extend（擴張）
extent	名詞	範圍	to the extent that S+V（在～的範圍內）
external	形容詞	外部的	
extract	動詞	萃取出	extract from A（從 A 萃取出）
extremely	副詞	極度地	
extrinsic	形容詞	外在的	
facet	名詞	方面	
facilitate	動詞	促進	
factor	名詞	因子；因素	
fairly	副詞	頗為	
fallacious	形容詞	謬誤的	
falsify	動詞	證明為假；偽造	
far-fetched	形容詞	牽強的	
fashion	名詞	方法	（manner 及 way 也是「方法」）
favor	名詞	支持	evidence in favor of A（支持 A 的證據）
feasible	形容詞	可行的	
feature	名詞	特徵	
figure	名詞	圖	Figure 1（不使用冠詞）
finding	名詞	發現	
finite	形容詞	有限的	
focus	動詞	著眼於	focus on A（著眼於 A）

單字	詞性	意思	備註
following	形容詞	接下來的	as follows（如下）
footnote	名詞	腳註	endnote（後註）
former	名詞	前者	latter（後者）
formulate	動詞	定型化	formula（方程式）單數； formulas／formulae（複數）
foundation	名詞	基礎	
framework	名詞	框架	
fruitful	形容詞	富成效的	
fully	副詞	完全地	
function	名詞	功能	functional（機能的）
fund	名詞	研究經費	
fundamental	形容詞	基本的	
further	形容詞	進一步的	furthermore（進一步地）
generalization	名詞	一般化	generally（一般地），general（一般的）
glossary	形容詞	術語表	
grant	名詞	研究補助經費	this research was supported by a grant from A （本研究由來自 A 的經費補助）
grasp	動詞	掌握	
grateful	形容詞	感謝的	
guarantee	動詞	保證	
handle	動詞	操作	
helpful	形容詞	有幫助的	
henceforth	副詞	今後	hereafter（今後）
hierarchy	名詞	階級	
highlight	動詞	強調	
highly	副詞	非常地	
hitherto	副詞	迄今	
horizontal	形容詞	水平的	
hypothesis	名詞	假說	hypotheses（複數）
hypothesize	動詞	假設	
identical	形容詞	同一的	A is identical to B（A 與 B 為是相同的）
identify	動詞	鑑定	identification（鑑定）（名詞）
ignorant	形容詞	不知道的	be ignorant of A（不知道 A 是什麼）
illuminate	動詞	闡明	
illustrate	動詞	說明	illustration（解說）（名詞）
immediately	副詞	直接地；立即地	

G

H

I

單字	詞性	意思	備註
immense	形容詞	巨大的	
impact	名詞	影響	
imperfect	形容詞	不完美的	
implausible	形容詞	不合情理的	
implication	名詞	含意	imply（意指）
implicit	形容詞	隱含的	
importance	名詞	重要性	important（重要的）
inadequate	形容詞	不適當的	
incidentally	副詞	順帶一提地	
incompatible	形容詞	不相容的	
independent	形容詞	獨立的	independent from / of A（與 A 無關的）
indicate	動詞	指示	
indirect	形容詞	間接的	indirectly（間接地）
indispensable	形容詞	不可或缺的	
individual	形容詞	個別的	
inevitable	形容詞	必然的	inevitably（必然地）
infer	動詞	推論	inference（推論）（名詞）
infinite	形容詞	無限的	
influence	動詞	造成影響	influence on A（對 A 造成影響）
inherent	形容詞	固有的	inherently（本來地）
inherit	動詞	繼承	
initial	形容詞	最初的	initially（最初地）
innovative	形容詞	創新的	
inquire	動詞	詢問	enquire（詢問）
insightful	形容詞	具洞察力的	insight（洞察）
inspection	名詞	檢查	
instance	名詞	事例	for instance（舉例來說）
instantiate	動詞	舉例說明	
instrument	名詞	儀器	
insufficient	形容詞	不充分的	
integral	形容詞	不可或缺的；完整的	
integrate	動詞	使結合	
interaction	名詞	互相影響；互動	interact（互相作用），interactive（互相作用的）

單字	詞性	意思	備註
interface	名詞	介面	
intermediate	形容詞	中間的	
internal	形容詞	內部的	internally（內部地）
interpret	動詞	解釋	interpretation（解釋）（名詞）
interval	名詞	間隔	
intimate	形容詞	親密的	
intricate	形容詞	複雜的	
intriguing	形容詞	易引起興趣的	interesting（有趣的）
intrinsic	形容詞	內在的	
introduction	名詞	緒論	introduce（引進）
intuitively	副詞	直覺地	intuitive（直覺的），intuition（直覺）
invalid	形容詞	無根據的； 無效的	
inventory	名詞	一覽表	
investigate	動詞	調查	
irrelevant	形容詞	無關的	
isolate	動詞	分離	
issue	名詞	議題	
(J) jointly	副詞	共同地	
justify	動詞	正當化	
(L) label	動詞	命名	
lacking	形容詞	缺少的	
largely	副詞	主要地	
later	副詞	後來	
leading	形容詞	主要的	lead to A（導致 A 的產生）
length	名詞	長度	
likelihood	名詞	可能性	the likelihood that S+V（～的可能性）
likewise	副詞	同樣地	
limitation	名詞	限制	limit（限制）（動詞）
literature	名詞	文獻	
locate	動詞	標出位置	
lower	形容詞	下面的	at the lower right of Figure 1 （圖 1 的右下方）
(M) magnitude	名詞	規模	
mainly	副詞	主要地	main（主要的）

單字	詞性	意思	備註
maintain	動詞	維持	
major	形容詞	主要的	
majority	名詞	大多數	minority（少數）
manifest	動詞	表明	manifestation（表明）（名詞）
marginal	形容詞	周圍的	marginally（少量地）
material	名詞	材料	
mean	名詞	平均數	
meaningful	形容詞	有意義的	meaning（意思），mean（意為）
mechanism	名詞	機制	
mediate	動詞	調解	
mention	動詞	提到	
merit	名詞	優點	demerit（缺點）
method	名詞	方法	methodology（方法論）
minor	形容詞	較少的；次要的	
misleading	形容詞	誤導的	
mistake	名詞	誤解	mistaken（誤解的）
modify	動詞	修正	modification（修正）（名詞）
mostly	副詞	多數情形下地	
motivate	動詞	促使	motivation（動機）
multiply	動詞	相乘	
mutual	形容詞	相互的	
namely	副詞	即為	
natural	形容詞	自然的	natural number（自然數）
normal	形容詞	通常的	
notable	形容詞	值得注意的	
notation	名詞	標記方法	
noteworthy	形容詞	值得注意的	
notice	動詞	注意	
notion	名詞	概念	
novel	形容詞	新的	
numerous	形容詞	許多的	
object	名詞	對象	
objective	名詞	目的	「客觀的」（形容詞）
observation	名詞	見解	observe（觀察）
obtain	動詞	獲得	

單字	詞性	意思	備註
obvious	形容詞	明顯的	obviously（明顯地）
odd	形容詞	奇數的	an odd number（奇數）
opposite	形容詞	正好相反的	
opposition	名　詞	對立	oppose（反對）
optional	形容詞	可選擇的	option（選項）
ordinary	形容詞	通常的	
organize	動　詞	組成	
original	形容詞	獨創的	origin（起源）
otherwise	副　詞	在其他方面；否則	
outcome	名　詞	結果	
overall	形容詞	整體的	
overlap	名　詞	重複	
overlook	動　詞	看漏；忽略	
overview	名　詞	概觀	
pair	名　詞	一對	a pair of elements（一對元素）
paper	名　詞	論文	article（論文）
paradigm	名　詞	範例；典範	
parallel	形容詞	並列的；平行的	
paraphrase	動　詞	改述	
parenthesis	名　詞	圓括號	parenthesize（括起來）
partial	形容詞	部分的	
participate	動　詞	參加	participate in the experiment（參加實驗）
particularly	副　詞	特別地	particular（特定的）
partly	副　詞	部分地	part（部分）
percentage	名　詞	部分；百分比	5 percent（單位不使用複數形）
perfect	形容詞	完美的	
perform	動　詞	執行	performance（性能）
peripheral	形容詞	周圍的	
perspective	名　詞	觀點	from the perspective of A（從 A 的觀點看來）
persuasive	形容詞	有說服力的	
pervasive	形容詞	普遍的	
phase	名　詞	階段	
phenomenon	名　詞	現象（單數）	phenomena（複數）

單字	詞性	意思	備註
pivotal	形容詞	中樞的；關鍵的	
plausible	形容詞	看似合理的	
portion	名詞	一部分	
pose	動詞	冒充；提出	
posit	動詞	假定	
position	名詞	立場	
possibility	名詞	可能性	impossible（不可能的）
precede	動詞	在…之前	in the preceding section（前節中）
precisely	副詞	正確地	precise（正確）
preclude	動詞	排除	
predict	動詞	預測	predictable（可預測的）
predominant	形容詞	佔優勢的	predominantly（主要地）
preliminary	形容詞	預備的	Preliminary Remarks（序言）
premise	名詞	前提	
prerequisite	名詞	前提條件	
present	形容詞	當下的	presently（當下地）
presentation	名詞	表現	an oral presentation（口頭發表）
presume	動詞	推測	
presuppose	動詞	以…為前提	
previous	形容詞	先前的	previous studies（先前的研究）
primary	形容詞	主要的	primarily（主要地）
principal	形容詞	主要的	
principle	名詞	原理	
prior	形容詞	先前的	prior to this research（在這個研究之前）
problem	名詞	問題	problematic（有問題的）
procedure	名詞	步驟	
proceed	動詞	繼續進行	conference proceedings（大會發表論文集）
proper	形容詞	適當的	properly（適當地）
property	名詞	屬性	
propose	動詞	提案	proposal（提案）（名詞）
proportion	名詞	比例	proportional（成比例的）
prove	動詞	證明	proof「證據」或是「校正後原稿」
purpose	名詞	目的	
pursue	動詞	追求	

單字	詞性	意思	備註
Q quality	名詞	品質	qualitative（品質的）
quantity	名詞	量	quantitative（量的）
question	名詞	疑問	questionable（可疑的）
questionnaire	名詞	問卷	
quite	副詞	相當地	
quote	動詞	引用	quotation（引用）（名詞）
R radical	形容詞	根本的	radically（根本地）
random	形容詞	隨意的	randomly（隨意地）
range	名詞	範圍	
rare	形容詞	稀少的	
rather	副詞	倒不如	rather than A（與 A 相比不如選其他的）
ratio	名詞	比例	by a ration of 2:1（照 2 比 1 的比例）
reaction	名詞	反應	react（反應）（動詞）
readily	副詞	容易地	
realize	動詞	領悟、實現	realization（領悟、實現）（名詞）
realm	名詞	領域	domain（領域）
reasonable	形容詞	合理的	reason（理由）
recall	動詞	使想起	
recognize	動詞	識別	pattern recognition（識別圖樣）
recurrent	形容詞	遞迴的	recurrent networks（遞迴網路）
reduce	動詞	還原；縮減	reductive（減化的）
redundant	形容詞	多餘的	
refer	動詞	提及	refer to A（提及 A）
refine	動詞	精緻化	
reflect	動詞	反映	
refrain	動詞	抑制	refrain from A（抑制 A）
regard	動詞	把…認為	regarding A（關於 A）
relate	動詞	使有關係	related to A（與 A 有關係）
relationship	名詞	關係	in relation to B（關於 B）
relative	形容詞	相對的	relatively（相較之下）
relevant	形容詞	有關的	
reliable	形容詞	可信賴的	

單字	詞性	意思	備註
remainder	名詞	剩餘物	the remainder of this article （本文剩下的部分）
remarkable	名詞	值得注意的	remark（評論）
rephrase	動詞	改變措辭	
represent	動詞	表現	representative（代表的）
requirement	名詞	必需品	require（必要的）
research	名詞	研究	study（研究）
resemblance	名詞	相似	
resolve	動詞	解決	resolution（解決）
resort	動詞	依靠	as a last resort（為最後的方法）
respect	名詞	方面	in this respect（在這方面）
respective	形容詞	各別的	respectively（各別地）
respond	動詞	反應	respond to A（對 A 做出反應）
responsible	形容詞	對…有責任	responsible for A（為 A 的原因）
rest	名詞	剩餘物	the rest of this article（本文剩下的部分）
restrict	動詞	限制	restriction（限制）
reveal	動詞	揭示	revealing（明確的）
review	動詞	回顧	reviewer（檢閱者）
revise	動詞	修正	
revisit	動詞	再次思考	rethink（再次思考）
rigid	形容詞	嚴謹的	
roughly	副詞	粗略的	
sake	名詞	目的	for the sake of convenience（為了方便）
satisfy	動詞	滿足	satisfying（充分的）
schematize	動詞	圖示	schematization（圖示）
scientific	形容詞	科學的	science（科學）
scope	名詞	範圍	
secondary	形容詞	次要的	
selective	形容詞	有選擇性的	select（選擇）
separately	副詞	個別地	separate（使分割）
series	名詞	一系列	a series of experiments（一系列的實驗）
serve	動詞	適用	
sharp	形容詞	清楚的	sharply（清楚地）
shift	動詞	變換	

單字	詞性	意思	備註
shortcoming	名詞	缺點	
significance	名詞	重要性	significant（重要的）
similarity	名詞	類似性	similar to A（與 A 相似）
simplify	動詞	簡單化	simply（僅僅是）
simulation	名詞	模擬	
simultaneous	形容詞	同時發生的	simultaneously（同時地）
situate	動詞	使位於	situation（狀況）
sketch	動詞	概述	
slighly	副詞	稍微地	slight（稍微的）
solely	副詞	僅僅地	
solution	名詞	解決辦法	solve（解決）
somewhat	副詞	有點	
specialize	動詞	專攻	special（特別的）
specific	形容詞	特定的	specify（指定）
standard	形容詞	標準的	
state	動詞	陳述	statement（主張）
statistics	名詞	統計	statistical（統計上的）
stem	動詞	由…造成	stem from A（因 A 造成的）
straightforward	形容詞	率直的	
stress	動詞	強調	
strictly	副詞	嚴格地	strictly speaking（嚴格來說）
striking	形容詞	引人注目的	strikingly（顯目地）
strongly	副詞	強大地	strength（強度）
structure	名詞	結構	structural（結構上的）
subject	名詞	受試者、主題	
subjective	形容詞	主觀的	
subsequent	形容詞	後續的	subsequently（之後）
substantial	形容詞	基本上的； 實質的	
substantiate	動詞	證實	substantive（實質上的）
subtle	形容詞	微妙的	
succeeding	形容詞	後續的	in the succeeding chapters（後續章節）
sufficient	形容詞	充分的	sufficiently（充分地）
suggest	動詞	建議	
suitable	形容詞	合適的	

單字	詞性	意思	備註
sum	名詞	合計	summarize（總結）
support	動詞	支持	supportive（支援的）
suppose	動詞	假定	
survey	動詞	調查	
symmetric	形容詞	對稱的	
synthetic	形容詞	綜合性的	synthesize（統合）
system	名詞	系統	systematic（有系統的）
table	名詞	表	Table 1（不使用冠詞）
technical	形容詞	專門的	technically speaking（嚴格來說）
template	名詞	範本	
tendency	名詞	傾向	tend to A（傾向 A）
tentative	形容詞	暫定的	
term	名詞	用語	in terms of A（就 A 的方面來說）
terminology	名詞	專業用語	
test	動詞	驗證	testable（可驗證的）
theory	名詞	理論	theoretical（理論上的）
therefore	連接詞	因此	
thesis	名詞	學位論文	
thorough	形容詞	詳細的	thoroughly（詳細地）
total	名詞	總計	a total of 100 materials（總計有 100 種材料）
traditional	形容詞	傳統的	
treat	動詞	處理	treatment（處理）（名詞）
trigger	動詞	觸發	
twofold	形容詞	兩方面的；兩倍的	threefold（三方面的；三倍的）
typical	形容詞	典型的	
ubiquitous	形容詞	普遍的	ubiquity（普遍性）
ultimately	副詞	最終地	ultimate（最終的）
underlie	動詞	以…為基礎	underlying（基礎的）
underline	動詞	強調	
understand	動詞	理解	understandable（可理解的）
unify	動詞	統一	unified（統一後的）
unique	形容詞	獨特的	peculiar（特有的）
unit	名詞	單位	
universal	形容詞	普遍的	universality（普遍性）

單字	詞性	意思	備註
unknown	形容詞	未知的	well-known（熟知的）
unlike	前置詞	與～不同	
upper	形容詞	上方的	at the upper left of Figure 1（在圖 1 的左上方）
useful	形容詞	有用的	useless（無用的）
utilize	動詞	利用	utility（實用性）
vague	形容詞	模糊的	obscure（模糊的）
validity	名詞	有效性	valid（有效的）
value	名詞	價值	valuable（有價值的）
variable	名詞	變數	
variation	名詞	變動	
variety	名詞	多樣性	a variety of factors（各種因素）
various	形容詞	各式各樣的	vary（變更）
verify	動詞	驗證	verification（驗證）（名詞
vertical	形容詞	垂直的	vertically（垂直地）
view	名詞	看法	
viewpoint	名詞	觀點	from the viewpoint of A（從 A 的觀點來看）
virtually	副詞	實際上地	virtual（實質上的、虛擬的）
virtue	名詞	優點	by virtue of the fact that S+V（由～的事實可得）
vital	形容詞	不可或缺的	
weakness	名詞	弱點	weaken（使弱化）
widely	副詞	廣泛地	broad（寬闊的）
worthwhile	形容詞	值得做的	
worthy	形容詞	值得	worthy of further investigation（有繼續研究的價值）
yield	動詞	產生	

第 2 章

英文學術論文的閱讀②
不需逐字逐句閱讀

1. 閱讀英文學術論文，
   首先要注意的重點

47

The advertisement (hereafter, ad) is an essential element of a market economy. However, ads tend to be the most frustrating factor for website users because the positions of the ads are variable. For example, there are three positions for ad placement, as shown in Figure 1. Figure 1(a) shows the Up layout and the Inner-right-up layout, which is inserted in the news article. Figure 1(b) shows the Right-up layout. Unfortunately, when the ads are inserted in these high attention positions, they reduce the readability of the news articles.

Users visit news websites to find and read the information they need. A previous study points out the importance of the readability of information on websites - such as news websites, and how ads inserted in high attention positions may reduce content readability. However, as ad revenues are necessary for the operation of news websites, placing the ads in high attention positions also becomes a necessity.

When the ads on websites attempt to gain the user's attention, they compete with other elements and content of the website, such as articles, headlines, illustrations, etc. Therefore, previous studies have focused on the optimal placements for ads in order to increase user attention. And they have found that although users tend to ignore ads for the most part, attention levels can be increased by optimal placements. However, it is also important to consider the impressions, such as the emotions evoked, as a result of drawing their attention to the ads. Previous studies have assumed that there is a trade-off relation between the degree of a user's attention and the strength of the impression made by an ad, and have attempted to analyze these factors from the viewpoint of multi-objective optimization.

Previous studies have pursued the optimization of web layouts for effective ads. In this study, we also explore the optimal ad placements for high attention, effective impression, and high readability at the same time. The experiments will involve participants who are asked to view and provide feedback on a variety of page layouts on news websites. These results are then analyzed from the viewpoint of multi-objective optimization.

In this study, we conducted psychological experiments to explore the effective placement of ads in news websites. The participants of the experiment watch various types of news website samples in which ads are positioned in various layouts. Through these experiments, we measured (1) the eye fixations on the ads, (2) the impression of the ads in relation to the contents of the negative news articles, and (3) the readability of the news content.

We used six ad categories with high insertion frequency for three months: (1) service; (2) finance; (3) real estate; (4) information and communication; (5) cosmetics; and (6) leisure. The layouts employed in the experiments were the ten patterns as shown in Figure 2, where the bold square indicates the advertisement.

We conducted the following three types of psychological experiment in order to explore effective placements of ads in news websites. In each experiment, 20 participants randomly viewed 12 news website samples.

Table 1 shows the results of experiment 1. In this table, the rows indicate the three evaluation criteria for the eye fixation on the ads, while the columns indicate the 10 types of web layouts. The layouts that are high in value are the inner-right-up layout and inner-left-down layout. This result indicates that the eyes move across the ads when the ads are located at positions close to the news articles being read by the user.

Table 2 shows the results of experiment 2. In this table, the rows show the 2 types of SD scales. The up layout is high in value and the inner-right-down layout is low in value. This result is conflicting to the result of experiment 1.

Table 3 shows the result of experiment 3. In this table, the rows show the two types of SD scales. The layouts that are high in value are the down layout and the right-down layout, while the inner-left-up layout is low in value. Therefore, this result indicates that the level of attention achieved is in negative correlation to readability.

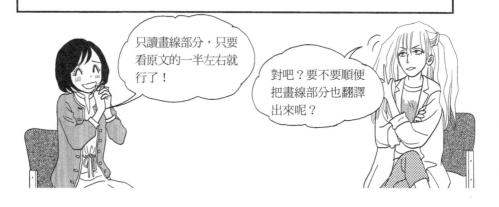

只讀畫線部分，只要看原文的一半左右就行了！

對吧？要不要順便把畫線部分也翻譯出來呢？

我試試看！

寫寫寫

完成了！

我看看…

啪

| 第 1 段 | 廣告為市場經濟的必要元素。然而，由於廣告會出現在網站上的各個位置，常使網站使用者感到不耐煩。要是把廣告放在容易吸引注意力的位置，則新聞文章的可讀性會下降。 |

| 第 2 段 | 必須把廣告放在易引起注意的位置。 |

| 第 3 段 | 若想讓網站上的廣告吸引使用者的注意，必會排擠到其他網站元素或內容，如本文、標題、附圖等。故也需考慮到當注意力被分散後，使用者會留下什麼樣的印象。過去的研究假設，新聞網站上的廣告對讀者的吸引力，以及讓讀者留下的印象好壞會互相抵換，並從多目標最佳化的觀點嘗試分析廣告的吸引力與讓讀者留下的印象好壞。 |

| 第 4 段 | 本研究的目標，在找到能同時達到吸引力高、能讓人留下好印象、能讓人充分理解文章內容的高效率廣告配置位置。本實驗讓參與者觀看各種不同的新聞網站並分析回饋結果。 |

| 第 5 段 | 本研究希望能由心理學實驗找到新聞網站中最佳的廣告配置 |

| 第 6 段 | 我們在 3 個月間，在網站中頻繁插入 6 類廣告。 |

| 第 7 段 | 我們進行了以下 3 種心理學實驗，以找出新聞網站中，效果最好的廣告位置。 |

| 第 8 段 | 表 1 為實驗 1 的結果。結果顯示，若廣告和新聞文章的位置接近，讀者的視線便會越過廣告。 |

| 第 9 段 | 表 2 為實驗 2 的結果。與實驗 1 的結果有衝突。 |

| 第 10 段 | 表 3 為實驗 3 的結果。結果顯示廣告的吸引力與對內容的理解程度為負相關。 |

做得還不錯嘛！

看過這些之後，就能大概抓到意思了！

但要記住，這種閱讀方法會有誤解文章意義的風險！

是、是這樣沒錯…

我會記住的。

要是這樣還覺得太多，想更快讀完，可以只看每一段的開頭，掌握文章的概要。

不過這種方法只有在段落長度都不長的情況下才適用。

2. 先熟悉英文的基本句型，再抓出文章的重點

要是能弄懂各種句型的意義，讀起來就更輕鬆囉！

以前學校也有教過吧？英文的 5 種句型。

不用想得那麼難啦。

乍看之下可能會覺得有點複雜，但反過來說，只要熟悉這5種句型的規則，就知道該怎麼閱讀英文文章了。

S + V

+ C
+ O
+ O + O
+ O + C

這麼說也沒錯啦…

在寫英文文章的時候，這5種句型的相關知識能派上用場。趁這個機會把它們學好吧！

握拳

好～～

首先來複習一下這5種句型的結構吧。

5 種句型

不論是多複雜的英文文章，一定都能拆解成這5種英文句型。

英文 5 種句型

第 *1* 種句型	主詞（Subject）＋動詞（Verb）
第 *2* 種句型	主詞（Subject）＋動詞（Verb）＋補語（Complement）
第 *3* 種句型	主詞（Subject）＋動詞（Verb）＋受詞（Object）
第 *4* 種句型	主詞（Subject）＋動詞（Verb）＋受詞（Object）＋受詞（Object）
第 *5* 種句型	主詞（Subject）＋動詞（Verb）＋受詞（Object）＋補語（Complement）

第 1 種句型
S+V

> 首先是第 1 種句型。
> S + V，如 She walks.

主詞（Subject）　動詞（Verb）

例 | She | walks
「她走路」

She 　＝主詞（表執行動作的人事物）

walks ＝動詞（為配合主詞 she，將 walk 改為第三人稱單數型式）

> 「She」為主詞，而「walks」為動詞。這種句型的動詞，大都是**不需受詞的「不及物動詞」**。

> 不及物動詞是什麼啊？

> 只要 she walks 便能表達完整意義的句子型式，這裡的動詞就是不及物動詞。

- He runs.
- They return.

是這樣吧！

第 **2** 種句型
S+V+C

第2種句型為 S + V + C，如 This is a pen.

主詞（Subject）　動詞（Verb）　補語（Complement）

例

| This | is | a pen |

「這是一枝筆」

This 　＝主詞（表執行動作的人事物）

is 　＝動詞（為配合主詞 This，將 be 動詞改為第三人稱單數型式）

a pen 　＝補語（表示主語為 a pen）

就是在主詞與動詞之外再加上**補語**囉！

A is B 便是這種句型的基本型式，「補語」就是用來表示主語是什麼，或者處於什麼樣的狀態。

這種句型中，常用來表示「主詞處於什麼樣的狀態」的動詞包括以下幾種：

例） seem～「～看來似乎」、feel～「～感覺像」、sound～「～聽起來像」
look～「～看起來像」、smell～「有～的氣味」、taste～「有～的味道」
become～「成為」、remain～「保持」、turn～「轉為」等等。

這些動詞在日常生活中雖然常使用，然而在論文等重視客觀性的英文論文中則較少使用。

第 **3** 種句型
S＋V＋O

再來是第 3 種句型，為 S＋V＋O，如 I have a pen.

主詞（Subject）　動詞（Verb）　受詞（Object）

例　　| I | have | a pen |

「我有一枝筆」

I ＝主詞（表執行動作的人事物）

have ＝動詞

a pen ＝受詞（動作作用的對象）

就是把第 2 種句型中，補語的位置換成受詞囉？

沒錯。這種句型所使用的動詞稱為**「及物動詞」，必須接上受詞**。拿 have 這個及物動詞來當例子，如果看到 I have（我有）這種句子，只會讓人有「有什麼？」的疑問對吧？

是這樣沒錯

I have.

與不及物動詞不同，及物動詞單獨出現在句子中時，無法表達完整意義，必須加上受詞，才是完整句子。I have a pen in the box.也可以像這樣在後面加上描述。in the box 為句子的附屬部分，不論有無都是完整句子。

(S)　(V)　(O)
| I | love | you |.

這句也是吧？

是、是沒錯啦…

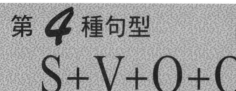

第 **4** 種句型

S+V+O+O

第 4 種句型為
S + V + O + O，
如 I give her a present.

主詞（Subject）動詞（Verb）　受詞（Object）　受詞（Object）

例 | I | give | her | a present |

「我送她一個禮物」

I ＝主詞（表執行動作的人事物）

give ＝動詞

her ＝間接受詞（接受「直接受詞」的對象，通常為人）

a present ＝直接受詞（動作直接作用的對象，通常為物）

「間接受詞」和「直接受詞」啊…

與其記這些專有名詞，不如用「接受的人」和
「被授與物」的方式記憶會比較好理解。

58

第 5 種句型
S+V+O+C

最後的第 5 種句型則是
S + V + O + C，
如 I think the girl attractive.

主詞（Subject）動詞（Verb）受詞（Object）補語（Complement）

例 | I | think | the girl | attractive

「我覺得那個女孩很有魅力」

I ＝主詞（表執行動作的人事物）

think ＝動詞

the girl ＝受詞（動作作用的對象）

attactive ＝補語（說明受詞是什麼，或者處於什麼狀態的名詞或形容詞）

嗯…和第 4 種句型好像蠻像的耶…

要分出兩者的差別，重點在於「受詞＝補語」
的關係是否成立。第 5 種句型的例子 I think the girl
attractive.，girl = attractive。
然而，第 4 種句型的例子 I give her a present.
her = a present 的關係並不成立。

> **S + V + O + C 的例子**
> make A B「使 A 成為 B」
> Keep A B「將 A 保持在 B 的狀態」
> think A B、find A B、belive A B、
> Consider A B 或 suppose A B「將 A 當作 B」

哦，
查達同學
亂入了！

(S) (V)
Curry makes
(O) (C)
me happy !

不管句子有多長，只要看得出是屬於哪一種句型就簡單多了。

哦…

習慣之後閱讀速度也會越來越快喔！

有方法可以馬上看出是哪種句型嗎？

重點就在於「動詞」。

V

只要知道是不及物動詞還是及物動詞，以及各種句型中常出現哪些動詞，就能很快分辨出是哪種句型了。

動詞啊～…

我知道了。

話說回來…

今天差不多可以告訴我想要我幫什麼忙了吧？

緊張

嗚…

江本同學每次都很突然呢…

這個嘛…

扭扭

怎麼了？

捏捏

怎、

怎、

怎…

怎？

怎麼增進和男生的關係呢？

咦咦！？

學姊有想親近的男生嗎…？

點頭

博井學姊沒有和男生交往過嗎？

點頭

嗯—

這麼說來，好像真的沒看過博井學姊在學校以外的地方和男生聊天耶…

扭扭捏捏

因為沒那個必要嘛…

是沒錯啦，

不過，為什麼要找我諮詢戀愛問題呢？

江本同學不是有男朋友嗎…

感覺可以和男生自然地交談…

那個已經分手了啦！

咦？為什麼？

哈哈…

他問我：「我和研究哪個比較重要」，我老實的回答「當然是研究囉」！

乾脆！

還沒分手啦！

是喔

英文句型結構解析

　　前面的漫畫提到了英文中的主詞（S）、動詞（V）、受詞（O），以及補語（C），接下來讓我們試著找出它們在句子裡的哪裡吧。前面提到閱讀文章時可將重要句子畫底線，請暫時不要管句子內容，憑感覺猜測哪個部分是主詞、哪個部分是動詞，並在（）內填入代號。讓我們用前面漫畫中文章的底線部分來練習，試著回答看看吧。

The advertisement (hereafter, ad) 　 is 　 an essential element of a market economy.
　　　　1 （　）　　　　　　　2 （　）　　　　　　　3 （　）

提示　這是典型的 A is B 的型式。

So　the ads　tend to be positioned　in the high attention placement.
　　4 （　）　　5 （　）　　　　　　　　6 （　）

提示　這是 be 動詞＋position 的句子，動詞時態為過去分詞，所以是被動句。動詞的受詞在哪裡呢？

However,　the ads　can be　the most frustrating factor for internet users.
　　　　7 （　）8 （　）　　9 （　）

提示　雖然句子中有助動詞 can，但基本上還是 A is B 的型式。

When the ads are inserted in the high attention placement,　 they 　 reduce
　　　　　　　　　　　　　　　　　　　　　　　　　　　10 （　）11 （　）

the readability of the news articles.
　　　　　　12 （　）

提示　知道 reduce 的意思和及物動詞的意義嗎？動詞很重要喔！

When the ads in websites try to appeal to users, they compete with other elements
13 (　) 14 (　)

and contents like articles, headlines, illustrations, etc., that are also placed on the

websites.

提示 看得出來 compete 為表示「競爭」的不及物動詞嗎？

It　　　　is　　also important　 to consider what kind of impressions are evoked
15 (　) 16 (　)　　17 (　)　　　　　　15' (　)

by the ads when they draw the reader's (user's) attention.

提示 注意這是 It is to 句型。

Previous studies　 assumed　 that the attention level and impression level of ads in news
18 (　)　　　　19 (　)

websites are in a trade-off relation,
20 (　)

提示 assume 常在這類句子中作為及物動詞使用，表示「假定」的意思。

and analyzed　 the attention level and the impression level of ads　 from the
21 (　)　　　　　　22 (　)

提示 analyze 為表示「分析」的及物動詞。動詞的相關知識真的很重要，對
吧。

viewpoint of the multi-objective optimization.

In this study,　 we　　also　　explore　 the effective placements of ads, which
23 (　)　　24 (　)　　　25 (　)

simultaneously achieves the highest attention levels,

提示 explore 這個動詞的意思？

the highest impression levels, and the high readability.　 We　　　pursue　　　this goal by
26 (　)　 27 (　)　 28 (　)

提示 pursue 這個動詞的意思？

conducting experiments in which participants view a variety of page layouts of news websites.

In this study, we conducted psychological experiments to explore the effective

29 (　) 　30 (　) 　31 (　　)

placements of ads in new websites.

提示 conduct 這個動詞的意思？

We used six kinds of ad categories.

32 (　) 　33 (　) 　34 (　)

提示 use 這個動詞的意思？

We conducted three types of psychological experiments in order to explore

35 (　) 　36 (　) 　37 (　)

effective placements of ads in new website.

以下的 show 與 indicate 是學術論文中常使用的動詞。

Table 1 shows the result of experiment 1.

38 (　) 　39 (　) 　40 (　)

This result indicates that the eyes move across the ads

41 (　) 　42 (　) 　43 (　)

when ads are located at positions close to the news articles being read by the user.

Table 2 shows the result of experiment 2. This result is conflicting

44 (　) 　45 (　) 　46 (　) 　47 (　) 48 (　) 　49 (　)

to the result of experiment 1.

Table 3 shows the result of experiment 3.

50 (　) 　51 (　) 　52 (　)

These results indicate that the level of attention achieved is in negative correlation to

  53（　）   54（　）   55（　）

readability.

完成了嗎？答案如下：

1. S   2 . V   3. C

4. S   5. V   6. C   （由於本句為被動句，故以被施予動作的對象為主詞。）

7. S   8. V   9. C

10. S   11. V   12. O

13. S   14. V

15. S   16. V.   17. C 15'. S （不定詞以後的部分為對於虛主詞it的描述。）

18. S   19. V   20. O （特別注意that子句中也包含了SVC的句型結構。）

21. V   22. O   （主詞與第18格相同。）

23. S   24. V   25. O

26. S   27. V   28. O

29. S   30. V   31. O

32. S   33. V   34. O

35. S   36. V   37. O

38. S   39. V   40. O

41. S   42. V   43. O （特別注意that子句中也包含了SV的句型結構。）

44. S   45. V   46. O

47. S   48. V   49. C

50. S   51. V   52. O

53. S   54. V   55. O （特別注意that子句中也包含了SVC的句型結構。）

  知道單字的意思，以及句型結構之後，便能正確翻譯出原文。

  本例文的全文翻譯如下，漫畫中所提到的重要部分以底線表示。

  廣告（以下簡稱為 ad）為市場經濟的必要元素。一般來說，廣告通常會放在網站上較為顯眼的位置。然而，對於網路使用者來說，廣告常讓他們感到不耐煩。要是把廣告放在容易吸引注意力的位置，會使讀者對新聞文章的理解力下降。

若想讓網站上的廣告吸引使用者的注意，必會排擠到其他網站元素或內容，如本文、標題、附圖等。故也需考慮到當注意力被廣告吸引後後，使用者會留下什麼樣的印象。過去的研究假設，新聞網站上的廣告對讀者的吸引力，以及讓讀者留下印象好壞，有互相抵換的關係。故以多目標最佳化的觀點嘗試分析廣告的吸引力與讓讀者留下印象的程度。

本研究中，我們同樣希望能找出吸引力高、能讓人留下好印象、能讓人充分理解文章內容的高效率廣告配置位置。我們讓參與者觀看各種不同的新聞網站並分析結果，以達成實驗目標。本研究為找出新聞網站中最有效率的廣告配置位置，設計了心理學實驗。我們將廣告分為 6 大種類，並進行 3 種心理學實驗，以找出新聞網站中，廣告效果最好的位置。表 1 為實驗 1 的結果。結果顯示，若廣告和新聞文章的位置相當接近，讀者的視線便會越過廣告。表 2 為實驗 2 的結果，與實驗 1 的結果剛好相反。表 3 為實驗 3 的結果。結果顯示廣告的吸引力與對內容的理解程度為負相關。

第 1 章中說明了單字量的重要性，然而單字的用法，特別是動詞的使用時機與句型結構的掌握也相當重要，相信讀到這裡的您也能體會到。養成以動詞為中心，再將主詞與受詞納入視野的閱讀方式，便能逐漸抓到句子的重點，提升英文閱讀的效率。

第 3 章

英文論文
下筆前的準備

70

1. 試著直譯初稿

嗯…這次好像要交6頁。

這樣應該算蠻長的吧…？

有的國際會議只要求2頁，

要把包含圖表在內的簡報濃縮到2頁，比想像中難上許多。

所以，6頁其實還算蠻好寫的喔！

是這樣嗎？

基本上，要把畢業論文的內容整理成6頁，並不容易吧？

把畢業論文發表會的初稿翻譯一下就好囉！

啊！

初稿的話我有帶來。

是這個吧…

1. 緒論

網際網路相當普及的現在，網路廣告的效果也較以往大。

網際網路的草創時期，點擊率等能顯示使用者回應頻率的指標較被重視，然而近年來，印象造成的效果較被重視，並常以使用者是否有改變對該商品的印象作為廣告效果的指標。特別是新聞網站，和報紙相比，除了閱讀新聞內容之外，讀者常會發現一些自己想要的資訊，所以瀏覽人數很多，在網站中插入廣告的效果也非常值得期待。然而，可放置廣告的位置，大多是網站上方或右方的區域，習慣造訪這些網站的使用者，已經知道該網站的廣告位置，廣告的吸引力便會下降。另一方面，要是一味在容易吸引讀者注意力的位置放廣告，隨著新聞內容的不同，可能使讀者對廣告的印象變差，讀者原本的目的是網站上的新聞，卻因此變得難以閱讀，對於網站本身的印象也可能會變差。像這種加強某方面的正面影響，卻可能會造成另一方面有負面影響的效果，稱做抵換效果，本研究目標在於同時追求廣告的高吸引力、使讀者留下好印象、以及新聞網站的便利性等三個彼此衝突的目標，應用多目標最佳化模型，找出最適合的設計。

2. 方法

本研究在提高廣告吸引力與留下好印象這兩個目標之外，另增加一個新聞網站內容的可讀性（方便性）的因子，追求三目標的最適解。

圖 1：本實驗的實驗刺激（略）

如圖 1 所示，受試者接受 10 種實驗刺激之後，在問卷上進行評分，並以眼球運動測定裝置評估對受試者的吸引力，得到「吸引力」、「印象好壞」、「方便性」等資料，用以求出最適解。

3. 實驗

本實驗中，每位受試者隨機瀏覽 12 個新聞網站，網站共使用 10 種廣告配置方式。

實驗 1 使用眼球運動測定裝置測定視線停留在廣告上的次數與時間，取得視線停留資料。

實驗 2 請受試者瀏覽新聞網站，評估對廣告的印象好壞，獲得印象好壞的資料。問題共有「印象好－差」、「想要－不想要」、「喜歡－討厭」3 種，受試者可分別為其在+3 至-3 的範圍內評分。

實驗 3 請受試者瀏覽新聞網站，評估新聞網站的方便性，獲得方便性的資料。問題包括先行的實驗中選定的「閱讀容易－閱讀困難」「架構易懂－難懂」等 2 個問題，受試者可分別為其在＋3 至－3 的範圍內評分。

4. 結果與討論

由最適解集合的判斷式，計算最適解。以下 6 種廣告配置即為帕雷托最適解。

5. 結論與未來展望

新聞網站中常使用的廣告配置方式，未被包含在本研究最後所得到的帕雷托最適解之集合內。可得知目前常見的廣告配置並非最佳配置方式。

本研究的最終目標為建構一個廣告系統，即使新聞內容會給人負面印象時，也能選擇適合的商品類別廣告，自動插入網頁中最適合的位置。

先試著直譯「緒論」的部分吧

可以直接直譯嗎?

事實上…

把日語直譯成英文一定會有不自然的地方,應該一開始就用英文寫才對。

咦?

不過,對平常都用母語來思考的人來說,突然被要求要用英文思考也太強人所難了。

點頭 點頭

所以先直譯就好。

我知道了!那我試試看吧!

太好了!

既然直譯也無妨,就用翻譯網站上的翻譯功能吧~

嘿嘿!

喀啦…

喀達 喀達

翻…

網際網路相當普及的現在，
網路廣告的效果也較以往大。

The present when the Internet spread,
the significance of Internet advertising
became big.

哦，感覺和平常看到的
英文很像呢！

嗯，接著是⋯

網際網路的草創時期，點擊率等能顯示
使用者回應頻率的指標較被重視，然而
近年來，印象造成的效果較被重視，並
常以使用者是否有改變對該商品的印象
作為廣告效果的指標。

At the Internet dawn, the response effect that
assumed a click rate and index has beeen made
much of, but in late years the impression effect
that assumed the influence on product image
by having watched and advertisement an index
attracts attention.

唔嗯，雖然不曉得意思合不合，至少
看起來和一般的英文不會差太多吧⋯

接著是⋯

特別是新聞網站，和看報紙相比，除
了閱讀新聞內容之外，讀者常會發現
一些自己想要的資訊，所以瀏覽人數
很多，在網站中插入廣告的效果也非
常值得期待。

Because the news site in particular can find out
the information that I want easily than I watch
a newspaper, expectation gathhers for the effect
of the advertisement that a lot of users using it
are inserted in there.

雖然翻出來的是英文沒錯⋯

但這樣真的對嗎⋯

怎麼樣？
有進展嗎？

進展是有啦…

你在用翻譯網站啊？

啊！

果然還是
不行嗎？

嗯…

翻譯網站的結果可以提示我們單字的意思，所以也不是絕對不能用…

但如果日文原文本身不好翻的話，翻譯結果會有問題喔！

是這樣嗎…

翻譯網站會把原文的一句話翻得很長，破壞句型結構。

我看看…

嗚嗚…

最後一段翻得很離譜喔。意思變成了「新聞網站會去找出資訊」。

而且還有一句變成「那裡插入了大量的使用者」。

嗚哇～…

要是看不出英文譯文哪裡有問題的話，使用翻譯網站的風險很高。

啪

對不起…

而且，

或許不只是翻譯網站的問題…

咦？什麼意思呢？

可以再讓我看一次你的畢業論文初稿嗎？

可以啊，在這裡…

1. 緒論

網際網路相當普及的現在，網路廣告的效果也較以往大。

網際網路的草創時期，點擊率等能顯示使用者回應頻率的指標較被重視，然而近年來，印象造成的效果較被重視，並常以使用者是否有改變對該商品的印象作為廣告效果的指標。特別是新聞網站，和看報紙相比，除了閱讀新聞內容之外，讀者常會發現一些自己想要的資訊，所以瀏覽人數很多，在網站中插入廣告的效果也非常值得期待。然而，可放置廣告的位置，大多是網站上方或右方的區域，看習慣這些網站的使用者，已經知道該網站的廣告位置，廣告的吸引力便會下降。另一方面，要是一味在容易吸引讀者注意力的位置放廣告，隨著新聞內容的不同，可能使讀者對廣告的印象變差，讀者原本的目的是網站上的新聞，卻因此變得難以閱讀，對於網站本身的印象也可能會變差。像這種加強某方面的正面影響，卻可能造成另一方面有負面影響的效果，稱做抵換效果，本研究目標在於同時追求廣告的高吸引力、使用者留下好印象、以及新聞網站的便利性等三個彼此衝突的目標，應用多目標最佳化模型，找出最適合的設計。

2. 如何寫出容易轉換成英文的句子

首先，原文版本的句子改寫得越短越好。

改寫得越短越好啊…

一般而言，1句25個單字的英文讀起來最順。所以在改寫原文時，要盡量使改寫後的句子在翻譯後大約也是1句25個單字。

♡好讀♡
25個單字
句

改寫後的句子應該要比原文好讀。

1句25字的英文…這樣1個句子要幾個字呢…

拿剛才翻譯過的例子來說…

特別是新聞網站，和看報紙相比，除了閱讀新聞內容之外，讀者常會發現一些自己想要的資訊，所以瀏覽人數很多，在網站中插入廣告的效果也非常值得期待。

有多少字呢？

含標點符號共70字。

咦…？

把這段拿去翻譯網站後
得到的譯文是…

Because the news site in particular can find out
the information that I want easily than I watch a
newspaper, expectation gathers for
the effect of the advertisement that a lot of users
using it are inserteed in there.

…這個樣子。

1句話裡面就有
179個字母…

只算單字數也有
39個單字。

喔喔喔…！

遠超過25個單字啊！！

只要想像一下，寫出這段文字
一半長度的句子就行了

拿這段來說，把它裁成
兩段就可以了。

特別是新聞網站，和看報紙相比，除了
閱讀新聞內容之外，讀者常會發現一些自
己想要的資訊，所以瀏覽人數很多，在網
站中插入廣告的效果也非常值得期待。

裁成一半
就行了
吧↓↓

我知道了！

斷句的重點
在於…

「然而～」或「所以～」

找出這種負責連接句子與句子的
「連接詞」，從這裡切下去！

好的～

從連接詞
切下去！

原文

特別是新聞網站,和看報紙相比,除了閱讀新聞內容之外,讀者常會發現一些自己想要的資訊,所以瀏覽人數很多,在網站中插入廣告的效果也非常值得期待。

從「所以瀏覽人數很多」的地方把句子裁成兩段就行了吧?

改寫

特別是新聞網站,和看報紙相比,除了閱讀新聞內容之外,讀者常會發現一些自己想要的資訊。

所以瀏覽人數很多,在網站中插入廣告的效果,也非常值得期待。

沒錯。從原句中切出一段以連接詞「所以」為開頭的句子對吧。照這個方式繼續試試看吧。

原文

網際網路的草創時期,點擊率等能顯示使用者回應頻率的指標較被重視,然而近年來,印象造成的效果較被重視,並常以使用者是否有改變對該商品的印象作為廣告效果的指標。

「然而~」看起來很像連接詞,從這裡切就行了吧!

改寫

網際網路的草創時期,點擊率等能顯示使用者回應頻率的指標較被重視。

然而近年來,印象造成的效果較被重視,並常以使用者是否有改變對該商品的印象作為廣告效果的指標。

注意！

動詞

主詞

明確！！

下一個重點

就是要注意原句中的動詞，並**明確寫出主詞到底是什麼**。

第 *1* 種句型	主詞（Subject）＋動詞（Verb）
第 *2* 種句型	主詞（Subject）＋動詞（Verb）＋補語（Complement）
第 *3* 種句型	主詞（Subject）＋動詞（Verb）＋受詞（Object）
第 *4* 種句型	主詞（Subject）＋動詞（Verb）＋受詞（Object）＋受詞（Object）
第 *5* 種句型	主詞（Subject）＋動詞（Verb）＋受詞（Object）＋補語（Complement）

可以的話，寫成能和這 5 種句型對應的句子，翻譯成英文時會輕鬆許多喔

馬上就用到這 5 種句型了呢～

這樣處理過後，就算用翻譯網站也能得出勉強及格的英文文章。

原來如此！

那我馬上把這些機器翻譯看不懂的句子，改寫成能與 5 種句型對應的型式！

特別是新聞網站，和看報紙相比，除了閱讀新聞內容之外，讀者常會發現一些自己想要的資訊，所以瀏覽人數很多，在網站中插入廣告的效果也非常值得期待。

這句話太長了，所以先把它從連接詞的地方切成兩句…

改寫

特別是新聞網站，比起看報紙，讀者在閱讀新聞內容時，常會發現一些自己想要的資訊。

因此，除了瀏覽人數很多，在網站中插入廣告的效果也非常值得期待。

再來是要明確指出動詞和主詞是哪個…。上面的句子中，動詞是「發現」，不過主詞是什麼呢？不像是新聞網站，應該也不是「我」或「你」吧…？

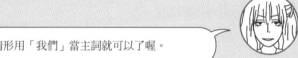

這種情形用「我們」當主詞就可以了喔。

原來如此！ 這樣的話，就可以改成「特別是新聞網站，我們發現，和看報紙相比，讀者在閱讀新聞內容時，常會發現一些自己想要的資訊。」對吧！

「發現」通常以「發現（某東西）」的型式出現，故一定有「受詞」。所以若能看出這句話中「想要的資訊」是受詞，並標記出來，在翻譯成英文時會方便許多。

我們發現，和看報紙相比，讀者在閱讀新聞內容時，常會發現一些自己想要的資訊。
S　　　　　　　　　　　　V　　　　　　　　　　O

（特にニュースサイトは，我々は新聞を見るよりも容易に欲しい情報を見つけ出すことができる。）
　　　　S　　　　　　　　　　　　　　　　　　　V　　　　　O

咦？可是這樣句子裡會有兩個「は」，這樣不會怪怪的嗎？

真虧你能注意到！沒錯，該如何處理「ニュースサイトは」的「は」會是個問題。以日文來說，使用「は」、「が」、「を」、「に」、「へ」、「で」這類的日語助詞時，需考慮到受詞與動詞間的關係，選擇恰當的助詞，這很重要喔。

什麼意思呢…？

舉例來說，觀察「ニュースサイト」與「見つけ出す」這個動詞間的關係，在選用助詞時，需寫成「ニュースサイトにおいては」，表現出發現資訊的「地方」，才能準確地發揮這個助詞的功能，並清楚表達出句子的意思。

比較恰當

ニュースサイト｜は｜においては

把這個助詞　　　　換成其他助詞

※註：本書原為日文，此處文法所提的助詞，由於中文無此問題，僅以原文呈現供讀者參考。

84

在寫英文句子時，要使用哪個介系詞，
也是很重要的事喔！

寫英文的時候常會不曉得該用哪個介系詞呢…

是啊，正因如此，就更要選用恰當的助詞改寫，
才能寫出易轉換成英文助詞的句子。

把以上的意見統整起來，就會得到這樣的句子囉！

特別是新聞網站，和我們看報紙相比，讀者在閱讀新聞內容時，
　　　　　　　　　　　S
常發現一些自己想要的資訊。
　V　　　　　　O

呼——

剛才講了許多訣竅，
整理一下的話…

☆縮短句子！

☆注意動詞！

☆思考助詞的位置！

就像這樣吧。

要改寫成容易翻成英文的
句子也沒那麼簡單呢…

這樣的話… 網際網路的草創時期 改成

在網際網路的草創時期

這樣會不會比較
恰當呢？

是啊，

就照這個感覺來處理
其他的句子吧。

好的！

我接下去修改，等一下
可以請學姊幫我看嗎？

可以啊～

喀
喀

喀
啦

好！

試著寫出容易轉換成英文的句子

請照著以下步驟，試著把漫畫中的畢業論文初稿改寫成容易轉換成英文的句子吧。

Step 1 寫出來的句子要能在 1 行之內結束。

Step 2 在第 2 章提到，請以動詞為中心，試著掌握句子的結構。把省略後亦不影響文意的部分用括弧框起來。

Step 3 明確標出哪個是主詞（Subject），哪個是動詞（Verb）。這樣在轉換成英文時會輕鬆許多。即使轉換成英文後不是動詞也沒關係，只要能看出主詞與其他語詞（謂語）分別是哪些就行了。可以的話，把受詞也一併標記出來。

網際網路相當普及的現在，網路廣告的效果也較以往大。

⬇

現在網際網路　相當普及，網路廣告的效果也較以往大。
　　　S　　　　　V　　　　　　S　　　　　　V

網際網路的草創時期，點擊率等能顯示使用者回應頻率的指標較被重視，然而近年來，印象造成的效果較被重視，並常以使用者是否有改變對該商品的印象作為廣告效果的指標。

⬇

在網際網路的草創時期，點擊率等能顯示使用者回應頻率的指標 較被重視。
　　　　　　　　　　　　　　　　　　S　　　　　　　　　　　V（被動句）

然而近年來，印象造成的效果 較被重視。
　　　　　　　　S　　　　　　　V（被動句）

印象造成的效果 則常以使用者是否有改變對該商品的印象，作為廣告效果的
S（因為與前句的S相同，可以關係代名詞表示）　　　O　　　　　　V
指標。

＊因為與前句的S相同，故或許可嘗試以關係代名詞表示，再與前句連成一句。這句話似乎較適合用被動句來表示。此外，在改寫句子的時候，最好能夠想像如果用英文該怎麼寫。

特別是新聞網站，和看報紙相比，讀者在閱讀新聞內容時，常會發現一些自己
想要的資訊，所以瀏覽人數很多，在網站中插入廣告的效果也非常值得期待。

⬇

特別是新聞網站，和我們看報紙相比，讀者在閱讀新聞內容時，也常會發現
　　　　　　　　　　　　　S　　　　　　　　　　　　　　　　　　　　　O
一些自己想要的資訊。
　　　　　　V

所以瀏覽新聞網站的人數　很多。
　　　　　　S　　　　　　　V

在新聞網站中插入廣告的效果　也非常值得期待。
　　　　　　S　　　　　　　　　V（被動句）

然而，可放置廣告的位置，大多是網站上方或右方的區域，看習慣這些網站
的使用者，已經知道該網站的廣告位置，廣告的吸引力便會下降。

⬇

可放置廣告的位置，大多是網站上方或右方的區域。
　　　S　　　　　　　　V（A是B，所以應該是SVC句型？）

看習慣這些網站的使用者，已經知道　該網站的廣告位置。
　　　　　　S　　　　　　　V　　　　　　O

故廣告的吸引力　會逐漸下降。
　　　S　　　　　V

另一方面，要是一味在容易吸引讀者注意力的位置放廣告，隨著新聞內容的
不同，可能使讀者對廣告的印象變差，讀者原本的目的是網站上的新聞，卻
因此變得難以閱讀，對於網站本身的印象也可能會變差。

⬇

另一方面，要是一味在容易吸引讀者注意力的位置放廣告，隨著新聞內容的
　　　　　　　　　　　　　　　　　　　　　　　　　　　　　　　S
不同，可能使讀者對廣告的印象　變差。
　　　　　　　　　　O　　　　　V

讀者原本的目的是網站上的新聞，卻因此變得難以閱讀。
　　　　　　　　　　S　　　　　　　　　V

對於網站本身的印象　也可能會變差。
　　　S　　　　　　　　　V

像這種加強某方面的正面影響，卻可能會造成另一方面有負面影響的效果，稱做抵換效果，本研究目標在於同時追求廣告的高吸引力、使讀者留下好印象、以及新聞網站的便利性等三個彼此衝突的目標，應用多目標最佳化模型，找出最適合的設計。

↓

像這種加強某方面的正面影響，卻可能會造成另一方面有負面影響的效果，
                                       S

稱做抵換效果。
V（被動句？）

本研究針對了三個彼此衝突的目標，使用 多目標最佳化模型求解。
  S   V   O

這三個目標分別是   廣告的高吸引力、使讀者留下好印象、以及新
S（與前句的S相同，所以應該可以轉換成關係代名詞？）V（A是B。所以應該是SVC句型？）
聞網站的便利性。本研究欲找出 最適合的設計。
                             S   O   V

如圖 1 所示，受試者接受 10 種實驗刺激之後，在問卷上進行評分，並以眼球運動測定裝置評估對受試者的吸引力，得到「吸引力」「印象好壞」「方便性」等資料，用以求出帕雷托解（最適解）。

我們讓受試者 接受 10 種實驗刺激之後，請他們在問卷上進行評分。
  S   O   O   V
我們以眼球運動測定裝置評估對受試者的吸引力。
  S   V   O
我們由得到「吸引力」「印象好壞」「方便性」等資料，求出 帕雷托解（最
  S   V   O
適解）。

本實驗中，每位受試者隨機瀏覽 12 個新聞網站，網站共使用 10 種廣告配置方式。
本實驗中，每位受試者 隨機瀏覽 12 個新聞網站，網站共使用 10 種廣告配置
                 S   V   O
方式。

實驗 1：使用眼球運動測定裝置測定視線停留在廣告上的次數與時間，得到視

線停留資料。

↓

實驗 1：我們使用眼球運動測定裝置，測定 視線停留在廣告上的次數與時間。
　　　　S　　　　　　　　　　　　　V　　　　　O

實驗 2：請受試者瀏覽新聞網站，評估對廣告的印象好壞，獲得印象好壞的資料。

↓

實驗 2：我們請受試者瀏覽 新聞網站，並評估 對廣告的印象好壞。
　　　　S　　V　　O　　　V　　　　O

　　　　我們由此獲得 印象好壞的資料。
　　　　S　　V　　　O

問題共有「印象好－差」「想要－不想要商品」「喜歡－討厭商品」等 3 個，
受試者可分別為其在+3 至-3 的範圍內評分。

↓

問題共有「印象好－差」「想要－不想要商品」「喜歡－討厭商品」等 3 個。
S　　　　　　　　　V（A是B。所以應該是SVC句型？）

受試者可為各項目分別在+3 至-3 的範圍內評分。
S　　　O　　　　　　　　　　V

實驗 3：請受試者瀏覽新聞網站，評估新聞網站的方便性，獲得方便性的資料。

↓

實驗 3：我們請受試者瀏覽 新聞網站，並評估 新聞網站的方便性。
　　　　S　　　　V　　O　　　V　　　O

　　　　我們由此獲得 方便性的資料。
　　　　S　　V　　　O

問題包括先行的實驗中選定的「閱讀容易－閱讀困難」「架構易懂－難懂」
等 2 個問題，受試者可分別為其在+3 至-3 的範圍內評分。

↓

問題包括 「閱讀容易－閱讀困難」「架構易懂－難懂」等 2 個問題。
S　　　　　　　　V（A是B。所以應該是SVC句型）

這兩個問題皆在先行實驗中已　　　　　　　　被選定。
S（與前句相同，應該可以轉換成關係代名詞）　V（被動句？）

受試者可為各項目分別在+3 至-3 的範圍內評分。
S　　　O　　　　　　　　　　V

由帕雷托最適解集合的判斷式，計算帕雷托最適解。以下 6 種廣告配置即為帕雷托最適解。

我們由帕雷托最適解集合的判斷式，計算 帕雷托最適解。
　S　　　　　　　　　　　　　　　V　　　　O
最後我們 計算出 以下 6 種廣告配置為帕雷托最適解。
　　　S　　V　　　　O

＊本句也改為被動句，但某些情形下讓本句與前句的主詞一致較通順。

新聞網站中常使用的廣告配置方式，未被包含在本研究最後所得到的帕雷托最適解之集合內。可得知目前常見的廣告配置並非最佳配置方式。

新聞網站中常使用的廣告配置方式，未被包含在本研究最後所得到的帕雷托
　　　　　　S　　　　　　　　　　　V（被動句）
最適解之集合內。

本研究的最終目標為建構一個廣告系統，即使新聞內容會給人負面印象時，也能選擇適合的商品類別廣告，自動插入網頁中最適合的位置。

本研究的最終目標 為建構一個能自動將適合的廣告插入網頁中適合的位置的廣告系統。
　　　　S　　　　　　　　　　V（A是B。所以應該是SVC句型？）
這個系統在新聞內容會給人負面印象時，
S（與前句指的系統相同，應該可以用關係代名詞連接？）
能選擇 適合的商品類別廣告插入。
　　V　　　　　O

　　以上。這樣的句子看起來是不是比較容易轉換成英文呢？

　　我常在研究室看到學生拼命想把自己原本就寫得不通順的句子翻譯成英文，這樣寫出來的英文論文，想表達什麼都寫得不清不楚。因此我通常會要求學生在繳交英文論文時，把原文一起交上來，然而通常原文論文也沒什麼條理，主詞是什麼、受詞是什麼都沒弄清楚，這樣的論文要翻譯成英文當然會很困難。有時，還會出現連續寫了好幾行句子，看起來就像艱澀難懂的咒語一樣。請注意寫成主詞與受詞明確、結構簡潔、容易找到對應的英文句型的句子。

第4章

用國中程度的英文文法，
寫英文學術論文

歡迎光臨！

為什麼出門還穿白袍啊？

穿…穿什麼都可以吧！

哇——！這地方太棒了！

歡迎！
CURRY PARK
MAHARAJA

好多種咖哩！

GUIDE

興奮♡
興奮♡

簡直是天堂！

不、不行嗎？

不然我不知道要聊些什麼啊…

這樣啊…

小愛？

里奈在寫英文論文嗎？

我也可以給點建議喔！

既然連查達同學都這麼說的話…

來～我們開始吧

我們明明是來玩的…

接下來要把這些翻譯成英文嗎？

嗯，基本上只要照這5種句型的結構翻譯出來就好。

不過，寫英文論文的時候，通常會使用「客觀描述事實」的英文。

因此，需要用到一些文法上的技巧。

是指哪些技巧呢？

具體來說…

有 被動句 和 無生命主詞 ，

以及 關係代名詞 。

照順序一個個說明吧。

1. 主動句與被動句

首先是「被動句」。

使用被動句，可以寫出客觀化的句子。

聽到被動句和主動句，讓我想起了高中的英文課！

主動句、被動句應該是在國中學的吧…

青春洋溢！

※女高中生 里奈

國中英文

上過的內容幾乎都不記得了，

可是一直記得我把「我（對某事）有興趣」的英文寫成「I am interesting」的時候被老師笑…

噗！

I am interesting

咦？

啊啊…

如果是 I am interesting. ，

意思會變成 我讓別人感到有趣 ，也就是 我是個很好笑的人。

正確的寫法是 I an interested. 才對。

是這樣沒錯…

難怪會被笑…

「interesting」和「interested」都是由動詞「interest」衍生出來的形容詞。

原本 interest 的用法是

A interest B ，

意思是 A 使 B 感到有趣 。

所以就得用被動的型式才行囉？

先來整理一下主動句和被動句的句型吧。

主動句 像是 A○○B

被動句 像是 B 被 A○○

就像這樣。

A 為動作的執行者，執行動詞所描述的動作，而 B 則是接受動作的對象

執行者 A　接受對象 B

被動句好簡單！「Rina（里奈）broke the mug.」這樣寫！

Rina broke the mug.

步驟1　將主動句的受詞，改為被動句裡的主詞

the mug ▶ The mug

步驟2　將主動句的動詞時態，改為 be ＋動詞的過去分詞。

broke ▶ was broken

這裡要注意主詞的人稱與數目（這裡的 The mug 為第三人稱單數），以及時態（現在或過去），才能將 be 改為適當的型式

步驟3　將主動句的主詞，置於 by 的後方。

這個例句的主詞是 Rina，直接放在 by 後面就好。如果是 she 之類的代名詞，放在介系詞後面時要改為 her。由於 by 的後面是想說明「○○做了這件事」，我們用被動句時，若不想強調誰做了這件事，通常會省略 by 後面的部分。

會變成這樣！

The mug was broken by Rina.

實際上，英文會這樣寫喔！

例句1）Our system is built in a personal computer.

主動句寫成 We bild our system in a personal computer. 由於我們想說的重點並不是誰做了這件事，而是「我們的系統是在個人電腦中建構出來的」，所以用被動句的型式較恰當。

例句２）The results are shown in Table 1.

這句話常看到呢！

主動句會寫成 We show the results in Table 1.，但把結果整理成表 1 的人明顯是作者，讀者只需要知道「結果整理在表 1」就行了，故用被動句較恰當。

下個例句就需要斟酌一下了。

例句３）The efficiency of our method was verified by the experimental data.

因為論述的目的很重要啊…

強調哪一個呢？

method or data

主動句會寫成 The experimental data verified the efficiency of our method. 這句要寫成主動句或被動句都可以，看你想強調的是「我們的方法被證實有效」，還是「實驗資料證實我們的方法有效」。前者可用被動句，後者可用主動句。

要判斷是否該用被動句也不容易呢…

英文論文中最常使用被動句的章節是「結果」，特別是說明圖表的部分。所以寫到這個部分時，可以盡量試著用例句２）句型來寫喔。

副詞子句

下面的例子是一般英文常用的副詞子句。

1 表示條件、手段、方法可翻譯成「～的話」。

The bus will take you to the station.
Five minutes' walk will bring you to the park.
這兩句皆屬這種型式，翻譯成「搭這班公車的話，
便能抵達車站」和「徒步 5 分鐘的話，
便能抵達公園」就自然多了。

2 表示原因、理由可翻譯成「因為～」。

The heavy rain forced us to stay at home.
翻譯成「因為雨太大，所以我們只能待在
家裡。」會比較自然。

一般來說，動作執行者基本上都是主詞，
不太會把本身不會動的無生命物當成主詞。

在英文中，如果無生命物是句子所描述事件的原因，
可當作句子的主詞。所以本身不會動的無生命物，也
可以放在主詞的位置喔！

剛才所舉的例子是一般英文中常用的無生命主詞。至於英文論文中常使用的無生命主詞，可看以下幾個例子。

可翻譯為「～之中」的句型

This paper argues that ～ = In this paper, we argue that ～
「這篇論文中，討論了～」

This paper deals with ～ = In this paper, we deal with ～
「這篇論文中，處理了～」

This study shows that ～ = In this study, we show that ～
「這個研究中，顯示了～」

這些句子常常
看到呢！

和一般英文的無生命主詞比起來，英文論文的無生命主詞在使用時有許多既定句型可以套用。

習慣以後就不會覺得突兀了。

是啊～—

全都可以翻譯成「～之中」的副詞子句嗎？

當然不是只有這些句型囉。

我以前有整理一些常用的句型，下次我帶去研究室吧。

真是太感謝了！

博井同學很熱心呢！

好尷尬—

臉紅

……

微笑微笑

呵呵…

2. 關係代名詞

	主格	所有格	受格
先行詞為人	who		who(whom)
先行詞為物	which	(whose)	which
先行詞為人或物	that		that

所謂的先行詞，

指的是放在關係代名詞之前，以關係代名詞之後的子句來說明的名詞或代名詞。

就是這樣。

關係代名詞

The control programs ┃ that ┃ we made for the experiment are very effective.

先行詞　　　　　　　　　　　　　說明先行詞

就是這樣。

嗯嗯…

要區分用哪種關係代名詞有點難耶…

放心。

英文論文中，幾乎沒有以「人」作為先行詞的句子，只要適時使用 which 和 that 就行了。

which that

原來如此！太好了…

我怕麻煩嘛！

是啊…

那麼，which 和 that 這兩個要怎麼分呢…？

分清楚這兩個的用法很重要，

我來說明一下它們的常見用法吧。

which

that

關係代名詞

首先，大多數情形下都可以用 that，
也常會碰到省略 that 的句子。

例）The control programs (that) we made for the experiment are
very effective.

「我們為了這個實驗而製作的控制程式效果很好。」

另外，如果先行詞有加上最高級或表示順序，如
the first, the very, the same, the only, all, only, every,
no, any 等，被「強烈限定」，或是先行詞有被
「強調」，就不能用 which，只能用 that。

例）This is the only method that makes it possible.
「這是唯一可行的方法。」

這樣的話，每次都用 that，而不要用
which 不就好了嗎？

也不能這麼說。有時反而只能用 which 而不能用
that，大致上可分為以下兩種情形。在英文論文中
經常用到，所以一定要記起來喔。

關係代名詞
使用 which 的情形

1 想補充說明前句的某個部份時。也可說是關係代名詞的非限定用法。

> 例）The previous research says that the material contains oxidized iron, which is not the case.
>
> 「先前的研究中提到該材料含有氧化鐵，這是錯誤的。」

> 例）The computer, which was installed in 2000, does not work anymore.
>
> 「這台在 2000 年時安裝的電腦已經不能用了。」

2 像是 in which, for which, at which 等，在關係代名詞之前需要加上介系詞時。

> 例）There are cases in which this rule does not apply.
>
> 「有些個案並不符合這個規則。」

所以在「想補充說明前句的某個部份」或「在關係代名詞之前需要加上介系詞」的時候，一定要用 which！我知道了！

本產品為內建了簡單文字編輯器的筆記型電腦，即使是不習慣用鍵盤的使用者也能輕鬆輸入指令。

※引用自 佐藤洋一《技術英語の正しい書き方》オーム社，2003 年

本產品為內建了文字編輯器的筆記型電腦，即使是不習慣用鍵盤的使用者也能輕鬆輸入指令。

讓我來試試看吧！

是可以啦…

我想想…

1「本產品為筆記型電腦。」
2「本產品內建文字編輯器。」
3「即使是不習慣用鍵盤的使用者，用這個文字編輯器也能輕鬆輸入指令。」

這樣可以嗎？

句子單純

容易換成英文

Excellent！

你的理解力比江本同學好呢！

Yeah！

嗚…

博井學姊在高興什麼啊…？

瞪

啊⋯

咳咳！

繼續說明囉！

里奈也做得到喔！

查達同學太厲害了！

再來，把這些改短的句子分別翻譯成英文。
第 3 句試著用無生命主詞來寫吧。

1　This product is a laptop computer.
2　This product has a built-in text editor.
3　The editor allows an inexperienced typist to enter a command easily.

這樣可以嗎？

是還可以，不過這樣單純條列句子的英文也未免過於單調，
所以要再修飾一下。首先，將第 1 句和第 2 句連接起來，可
以用介系詞「with」來連接。後面會再說明介系詞。

1　This product is a laptop computer.
2　This product has a built-in text editor.
　　　　　　　　+
　　　　　　　with

This product is a laptop computer | with | a built-in text editor.
　　　　　①　　　　　　　　　　　用以連接的介系詞　　　②

接著把第 3 句也接上。第 3 句的開頭「用這個文字編輯器」可以連接前面的句子。由於第 3 句是要說明前面句子中提到的事物，故需用關係代名詞，這裡要用 which。

① + ② This product is a laptop computer with a built-in text editor.

這兩個指的是同一樣東西

③ The editor allows an inexperienced typist to enter a command easily.

This product is a laptop computer with	a built-in text editor	which ~
	先行詞	關係代名詞

最後再將以「The editor」為主詞的第 3 句連接起來即可。換句話說，就是把 The editor allows an inexperienced typist to enter a command easily.這句無生命主詞句子，用關係代名詞連接。

This product is a laptop computer with	a built-in text editor	which
	先行詞	關係代名詞

allows an inexperienced typist to enter a command easily.
說明先行詞

完成了！

3. 定冠詞與不定冠詞／介系詞

不、不愧是
查達同學！

小聲…

說得好啊！

你可以跟本人
說啊…

冠詞和介系詞是代表性的
虛詞，名詞出現的時候幾
乎都會跟著登場，重要程
度可見一斑。

先來說明冠詞吧。

好的！

首先，the 是定冠詞，
而 a, an 則是不定冠詞，
兩者用法不同。

a, an   the

就算這麼說，
我還是不太懂耶…

一般若由前後文推斷，

如果物品只有一個，
就加上 the。

如果是指許多個該物
品中的其中一個，就
加上 a 或 an。

the

a, an

以上是基本規則。

116

整理之後…

- 「指特定的東西時用 the」，「指複數的東西中的某一個時用 a, an」。

- 同一個名詞出現許多次時，第一個用「a」，後來出現的幾個則用「the」。

- 如果該名詞改成複數形就沒這個問題，那麼一開始便使用複數形，不加冠詞。

- Figure 1（圖 1）或 Table 1（表 1）之類的名詞不需要加冠詞。

就像這樣。

冠詞的部分到這裡就差不多了吧。

了解──！

再來是…介系詞！

介系詞的用法沒有固定的文法規則可以參考，

只能一一記下各種使用時機。

咦～是喔…

英語母語人士對每個介系詞該用在哪裡已有既定印象

自然而然

at
in for
to wit
on

所以可以自然而然分別出何時該用哪個字

例如日本人不會特別區分日語中的助詞

助詞嗎？

就是指「てにをは」用法的區別

に ➡ 地點

「に」在日文助詞是用來「表示地點」

公園 に 池がある

這句沒有問題

公園 に おにぎりを食べる

但這句就怪怪的了

真的耶…

自然而然

て
に
を
は

日本人會很自然的知道，

正確

公園 で おにぎりを食べる

才是正確的用法。

日本語母語

你能夠回答為什麼「に」不行，但「で」就可以嗎？

嗚嗚…好像蠻難的耶…

※註：本書原為日文，此處所提的助詞，由於中文無此問題，僅以原文呈現供讀者參考。

120

英文介系詞也是一樣的道理。

接下來說明各介系詞的含義吧。

介系詞	含義	基本用法	學術論文中的使用範例
in	在某個東西裡面	in the corner 在角落的空間中	In this paper, we propose ～ 「在本論文中，」 In conclusion, In summary, ～ 「在結論中，」、「在大綱中，」
at	狹窄的點 ✕	at the corner 在角的頂點上	This study aims at exploring ～ 「本研究的目標在於探究～」 可用在如『目標』等，需要強調的名詞上。
on	表面互相接觸，放在上面	walk on tiptoe 踮著腳尖走路	On the assumption that ～, 「～在此假設下」 「基於～」 這種用法可視為「於一個面上建構某些東西」的概念
by	在旁邊，相當靠近	live by the river 住在河邊	We explore ～ by the experiment 「藉由實驗尋找～」 用來表示媒介、方法等
with	在一起，相連	go to school with a friend 和朋友一起去學校	with a few exceptions 常譯為「除了少數例外情形」，可想成是「伴隨著少數例外」的意思
for	朝向某個目標	leave for Japan 出發前往日本	We provide a clue for understanding ～ 意為「我們提供可理解～的線索」

介系詞	給人的感覺	基本用法	學術論文中的使用範例
to	朝向終點，指出終點	go to school 去學校	To verify the results, ～「為了檢驗結果」等，表示目的時使用
of	整體中的一部分	a tail of a dog 狗的尾巴	5% of 100 materials, average of ratings「100 種材料中的 5%種類」「評分的平均值」用以表示某個東西的一部分
from	起點、出發點（從起點出發）	come from Japan 來自日本	from the results「由結果而來」
under	在下面	under the table 在桌子下面	under assumption of ～「在～的假設下」
over	越過上方	jump over the river 越過河川	over the decades「跨越數十年」
about	在周圍	about the lake 在湖的周圍	think about ～「思考與～有關的事」

謝謝學姊！

這樣就知道怎麼用
這些字了！

總之我先試著用英文
改寫論文，寫完後能
請學姊幫我看看嗎？

好啊。

呵呵

博井同學真是個
好學姊呢！

沒、沒有啦…

臉紅

今天吃到了很多
美味的咖哩，

呀呀

也學了不少英文用法，
真是充實的一天呢！

124

英文論文中常用的無生命主詞

　　漫畫中，博井曾對里奈說過，英文經常會使用無生命物當作一般句子的主詞，英文的「Five minutes' walk will bring you to the park.」聽起來很正常，翻成中文後卻會變成「5分鐘的徒步會帶你到公園」這種平常我們不會說的句子。

　　英文與中文的差異，會使說英文的人和說中文的人對於事物的描述方式有所不同，日文也有這種情形。

　　池上嘉彥的著作『「する」與「なる」的語言學』中提到，英文中看起來像是要翻譯成「する」的動作，翻譯成日文時用「なる」卻會比較自然。舉例來說，英文中

We are going to get married in June.（我們要在6月結婚。）

日文寫成：私たちは6月に結婚します。

這樣的句子很通順，但在日文中，也常寫成：

私たち、6月に結婚することになりました。（我們在6月時會結婚。）

另外，英文中 Spring comes.（春天來了。）

用日文來寫卻會變成：

春になる。（進入春天了。）

　　由此可知，一般來說，英文在描述事情時，會以執行動作的主體為中心展開，而日文卻傾向於排除任何人的意向，客觀的描述動作本身。對結婚這件事，較不強調當事人本身的想法，而是自然而然進入結婚的狀態，這在日文中很常見。英文中，原則上要有主詞，再用動詞表現出主詞做了甚麼動作。然而日文如「進入春天了（春になる）」，便省略了「什麼（何が）」進入春天。像這種省略主詞的情形相當常見，顯示英文使用者與日文使用者對事物的描述方式有所不同。

　　英文使用者較「注重個體」，日文使用則較「注重整體狀況」。也可以說，英文使用者多描述「人、物」，而日文使用者則較常描述「事」。舉例來說，英文中 Do you love me?，直譯後可得到「你喜歡我嗎（あなたは私を好き？）」，但這種說法對日文使用者來說太過直接，日文使用者比較常用「喜歡和我有關的事嗎（私のこと好き？）」這樣的說法。此外，漫畫的「1.

※註：本書原為日文，此處文法所提的助詞，由於中文無此問題，僅以原文呈現供讀者參考。

主動句與被動句」中,提到里奈想表達「我(對某事)有興趣」時,錯講成了 I am interesting.(我是個很有趣的人)。日本人之所以不太能適應這樣的說話方式,也是因為英文是用「する」表達,但日文卻是用「なる」表達的關係。使用英文時,若要描述某件事發生,會以發生原因為出發點描述整件事。舉例來說,日文中會用「我有興趣」、「我很興奮」、「我嚇到了」的方式,表現人們產生的感情,然而在英文中,這類感情的產生會被理解成「原因」→「造成興趣」→「我對這個有興趣」。在這樣的邏輯下,「人」被嚇到的時候,一定是先有「嚇到人的原因」,然後「人」才會被嚇到。因此英文中,基本結構是「原因 surprise 人」,若要以人為主詞,surprise 為受詞的話,需改為被動句,即「人 is surprised by 原因」才行。

英文會以因果關係中的「原因」為中心敘述事情,故原因通常是句子的主詞。小孩子會藉由摔破碗盤、故意把湯灑掉在地上、弄倒積木、推動玩具等動作學習事物的因果關係。自己直接向對象施加動作(原因),使對象產生變化(結果),便是一個典型的因果關係。英文典型的句子中,主詞是人類,而人類會為了達成目標,使某些東西產生變化。漫畫中曾出現 Rina broke the mug 這句話,雖然我們不曉得 Rina 是不是故意的,但造成「馬克杯被摔破」的原因,確實是 Rina 沒錯,這個例子中便是以人為主詞。包括日語在內的多數語言,人都是執行動作的主詞。英文和中文有時會把無生命物「擬人化」,看成像人一樣會執行動作,故描述因果關係時,在主詞選擇上比日語還要自由。

漫畫中有數個例子,說明日文中不會用來當作主詞的無生命物,在英文和中文中卻可以當作主詞。而在使用無生命物當作主詞的句子中,動詞常是使役動詞。漫畫中也提到,可以將其翻譯成日語中的副詞子句,會比較自然。

●make A do(使役A去做)

This medicine will make you feel better.

中文常用⇒「這藥將會讓你感覺好一點。」

日文常用⇒「吃了這藥後,你會感覺好一點。」

●force A to do / compel A to do(強制A去做)

The heavy rain forced us to stay home.

中文常用⇒「暴雨迫使我們待在家裡。」

日文常用⇒「因為暴雨,我們只能待在家裡。」

● allow A to do（准許A去做）

The computer allows us to store a lot of information.

中文常用⇒「電腦讓我們能儲存大量資料。」

日文常用⇒「拜電腦之賜，我們能儲存大量資料。」

● cause A to do（某原因使A這麼做）

Her overwork caused her to get ill.

中文常用⇒「過度工作使她生病。」

日文常用⇒「因為過度工作，她生病了。」

● enable A to do（使A可以做）

The new method enables us to process data more easily.

中文常用⇒「這個新方法使我們處理資料時更為輕鬆。」

日文常用⇒「拜新方法之賜，我們處理資料時更為輕鬆。」

　　除了使役動詞之外，一般英文中，主詞為無生命物時，常用的動詞還包括：

● prevent A from doing ／ keep A from doing ／ stop A from doing

　「防止A不去做某事」→「不做某事、做不到某事」

● remind A of B（使A想起B）

　「使A想起B」→「A想起某事」

● take A to B ／ bring A to B ／ lead A to B

　「把A帶去B」→「A能夠走到B」

● A tells B ／ A shows B

　「A說明/指出了B」→「由A可以得知B」

　　英文學術論文中，以無生命物為主詞的句型特徵以及範例如下。

　　請試著寫出類似的句型。

① Introduction（緒論）與Conclusion（結論）中常用的句型

　　在 Introduction 中，常可看到 This study、This paper、This research、The article 開頭，以無生命物為主詞的句型，皆表示「本研究～」的意思。可以的話，請試著盡可能地將所有原本要用 We 當主詞的地方，通通換成「本研

究」。以「本研究」做為主詞時，等於是把「本研究」當作所有研究成果的原因，告訴讀者「本研究想達到什麼目標」，明確指出本論文的意義所在。而在結論中，有時可看到這種使用過去式的句型「本研究達到了什麼目標」。

● This study proposes a new method to achieve the goal of ～.
「本研究為達成～的目標，提出新的方法」

● This paper analyzes the chareeristics of ～.
「本論文分析～的特徵」

● This artcle presents an overview of the theory.
「本文章旨於說明理論的概觀」

● This study provides the following information.
「本研究提供以下的資訊」

● This study attempts to discover ～.
「本研究希望能找到～」

● This paper investigates the factors that explain ～.
「本論文嘗試分析可解釋～的因子」＊the factors與explain皆為無生命主詞

● This article shows that S+V
「本文指出～」

● This research examines that effects of ～.
「本研究檢驗～造成的影響」

● This paper demonstrates that S+V
「本論文展示～」

● This paper argues / discusses that S+V
「本論文討論～」

● This study develops a system of ～.
「本研究建構～的體系」

②簡介過去研究時常用的句型

基本上，就是把①中所使用的主詞（This study、This paper、This research、The article）等，改為the previous study（過去研究），並改為現在完

成式，即寫成「過去研究做了～」，以無生命物為主詞的句形。重點在於描述我們由過去研究了解到哪些事，哪些事還不了解。另外，可以用過去研究者做為主詞，寫成「作者名（論文發表年分）」，例如 Sakamoto（2013）。依投稿期刊的不同，在引用過去研究結果時可能有不同規定。

- The previous study proposed that S+V

  「過去研究中提出了～」

- Previous studies have demonstrated / shown / presented that S +V

  「過去研究中指出了～」

- Previous studies have focused on ～.

  「過去研究中著眼於～」

- Previous studies have paid little attention to ～.

  「過去研究中並未注意到～」

- Previous studies have virtually ignored ～.

  「過去研究中完全忽略了～」

- Other studies have concluded that S+V

  「其他的研究中認為～」

- This drives us to the question how S+V

  「這個結果讓我們想知道該怎麼做才能～」

③說明Method（研究方法）或假說時常用的句型

- This stuudy employs the following approach.

  「本研究使用以下方法」

- This study allows participants to submit ～.

  「本研究允許受試者提出～」

- The hypothhesis rests on / upon the idea that S+V

  「本假說為基於～的觀點而提出」

④說明Results（結果）時常使用的句型

●The results shows that S+V

「結果顯示～」

●The result means that S+V

「結果可解釋為～」

●Table 1 shows that S+V

「表 1 顯示～」

●Figure 1 illustrates ／ demonstrates that S+V

「圖 1 顯示～」

●A glance at Figure 2 will reveal that S+V

「由圖 2 可立刻看出～」

●These results lead us to conclude that S+V

「我們由這些結果可推論出～」

●These results lead to the conclusion that S+V

「我們由這些結果得到了以下結論～」

●The result suggeests ／ indicates that S+V

「這樣的結果支持～」

●These results make it clear that S+V

「這些結果說明了～」

⑤Discussion（討論）與Conclusion（結論）中的常用句型

●This study sheds new light on ～.

「本研究為～指引一條新的道路」

●This study will contribute to ～.

「本研究應可為～做出貢獻」

試著練習使用這類以無生命物為主詞的句形，寫出流利的英文論文吧！

第 5 章

英文論文的範本格式

另一個夢想是…

一個是幫博井學姊牽線。

成為一個擅長英文的研究者，在世界上發光發熱！

江本同學…

你的口氣和我越來越像了呢！

嘿嘿嘿…

謝謝你。

我得更認真教你英文才行呢！

拜託你了！

1. 英文學術論文中的大綱格式

總之我把論文翻成英文了。

雖然看起來只是一堆英文單字的集合而已…

好，接著就來說明論文的呈現方式吧。

拜託你了！

PATTERN

英文論文的結構大致是固定的。

只要符合這樣的結構就沒問題了。

確實…

我讀了幾篇英文論文，每一篇的結構給我的感覺都差不多。

正是如此。

因為英文論文的組成與結構是固定的，反而容易模仿。

是這樣啊…

今天就來解說它們的組成與結構吧。

在論文本文開始之前…

會先列出「Title（標題）」、「Authors（作者名）」、「Affiliation（隸屬機構）」、「Abstract（摘要）」、「Key words（關鍵字）」等。

我寫在白板上囉。

好的！

134

論文本文開始前 需列出的大綱

- Title（標題）
- Authors（作者名）
- Affiliation（隸屬機構）
- Abstract（摘要）
- Keywords（關鍵字）

就是這些。

接著

寫寫寫

嗯嗯…

論文本文的結構

1. Introduction（緒論）
2. Materials and Methods（材料與方法）

※ 2. Methods（方法）之下，可再分為以下幾個章節

   2.1 Design (of Experiment)（實驗設計）

   2.2 Materials（材料）

   2.3 Procedure（步驟）

3. Results（結果）
4. Discussion（討論）
5. Conclusion（結論）

Acknowledgement（致謝辭）
References（參考文獻）

※ 有時會在最後加上 Appendix（附錄）。

論文本文的各章節 則需依循這個結構。

2.1 Design (of Experiment...
2.2 Materials
2.3 Procedure
3 Results（結果）
4. Discussion（討論）
5. Conclusion（結論）

Acknowledgement（致謝）
References（參考文獻）

※ 有時會在最後加上 Appendix（附...

每一章內容都有自己的格式嗎？

當然有囉，照順序一個個說明吧。

拜託你了！

大綱　◦ Title（標題）
　　　◦ Authors（作者名）
　　　◦ Affiliation（隸屬機構）
　　　◦ Abstract（摘要）
　　　◦ Keywords（關鍵字）

首先是在本文之前的大綱部分。

就是這些囉

是的！

首先是「Title（標題）」

一般來說，標題和論文關鍵字都是在本文寫完之後才加上去的。

◦ Title 標題

因為標題會決定讀者對論文的第一印象，相當重要，所以先說明這個部分。

難得寫篇論文，想取個響亮點的題目呢。

就算用的不是英文，下標題也不容易…

是啊。

如果一開始的標題下得好，把它直譯成英文就行了。

若非如此，就要遵從以下規則下英文標題。

哦哦～

下標題的規則

1 標題中的首字及實字，也就是名詞、動詞、形容詞、副詞等字的首字母要大寫。

2 除首字以外的冠詞、介系詞、連接詞、代名詞、to 不定詞的 to 等虛字皆小寫。

3 首字若為定冠詞則可省略。

4 嚴格區分名詞的單複數。

這些是最基本的要求。

如果想把標題寫得「響亮」，還有這些訣竅喔！

標題「響亮」的訣竅

1 盡可能把論文的關鍵字塞進去

所以才會有「最好在寫完本文才下標題」的說法。
許多人會用關鍵字在網路搜尋論文，所以關鍵字應為這篇論文的賣點，最好能夠將這篇論文與其他論文不同的特徵做為關鍵字，並放入標題。就像是客人挑選各種品牌。就算論文內容再好，要是標題不夠吸引人，就很難被看見了。

2 標題長度最好能在 10 字左右。

要是一股腦的把大量關鍵字塞進標題，使標題超過 15字以上，便可能因為過長而讓人難以閱讀。國際會議有時會要求論文加上 short title，要是原本的標題太長，會被刪掉很多字。另一方面，要是標題太短，傳達的資訊太少，給人的印象也會不夠深刻。因此，最好能取一個適當長度的標題。

3 省略常見於各論文的通用字，或是不言自明的單字

若想盡可能地把關鍵字放進標題，又要保持適當長度，就必須盡量不去使用 Study（研究）、Analysis（分析）、Investigation（調查）等資訊量少的單字。大學畢業論文或碩士論文中常見到 A Study of ～（～的研究）或 Study on ～（關於～的研究）等開頭，但一般發表於國際期刊的論文應該避免使用這些字。

4 不要使用關係代名詞之類的複雜句形，妥善運用並列的名詞、介系詞、連字號（-）等方式，寫出簡潔的標題。

原來如此♪

作者的名字通常會列在標題下面，各家期刊規定可能不同，照規定寫就好。

【範例】
Title（標題）
（隸屬機構）Affiliation
Authors（作者名）

作者名的下面則會寫上隸屬機構，這也是照各家期刊的規定寫。

遵照各家期刊的規定！

想到要讀完投稿規定就頭痛了，但還是不得不遵守規定啊…

當然囉！

Abstract（摘要）

再來就是最重要的「Abstract（摘要）」

MOST IMPORTANT

這是最重要的部分嗎？

沒錯。

最重要

MOST IMPORTANT

當研究者在瀏覽堆積如山的論文時，大多是用 Abstract 判斷該論文有沒有閱讀的價值。

原來如此…

那麼來說明一下寫摘要的基本規則吧。

寫 Abstract（摘要）
的基本規則

1 若無規定字數，通常會寫 100-200 字左右。

> 論文收稿方通常會規定摘要最多能寫多少字，
> 若沒有規定，寫大約 100-200 字左右較安全。

2 可抓出論文每一章的重點，並各自寫成一句話。

> 也就是說…
>
> 研究背景（過去研究與探討的問題等，
> 　　　　　　以及 Introduction 的內容）⇒ 1 sentence
> 研究目的 ⇒ 1 sentence
> 假說 ⇒ 1 sentence
> 研究方法 ⇒ 1 sentence
> 實驗內容 ⇒ 1 sentence
> 結果、結論 ⇒ 1 sentence
>
> …大致照這個方式分配。
>
> 如果每個 sentence 所包含的訊息大約能寫成 20～25 字，會得到…
>
> 5 sentences × 20～25 words ＝ 100～125 words
>
> 以此為基礎，再依照各期刊的投稿規定修改就可以了。

KeyWords 關鍵字

再來就是「Key Words（關鍵字）」了。

研究者常會用關鍵字來搜尋論文，所以關鍵字要選擇能顯示出這項研究重點的字詞。

看來關鍵字不能隨便選呢…

keywords 搜尋

click!

投稿時也會規定關鍵字的個數，要注意喔

重點包括這些

Key Words（關鍵字）的挑選原則

1 不要選常用的單字

2 優先採用未出現在標題的單字

3 當然，用有出現在標題的單字當關鍵字也可以

4 用名詞做為關鍵字。不過不要選擇過於新奇的單字或自創單字。

論文本文

接下來…

就要進入論文本文囉！

2. 英文學術論文的本文格式

簡單整理一下。

首先　寫出「研究背景」　從這裡開始！

接著　在這樣的背景下，導向研究目的，說明「為什麼需要研究這個」　照這樣寫下去。

最後　明確寫出「研究目的」　這樣的寫法不難吧？

好像要寫蠻多東西的耶…

是啊…

唉呀…

唔唔～

總覺得，要是接觸的領域不夠廣，就會寫不出來呢…

只要列出相關領域中幾篇具代表性的論文就行了。這就是論文的「背景」。

如果在這個部分提到了大量的過去研究，在論文最後的「reference（參考文獻）」中，也可以列出較多過去的論文。

反正不管怎樣，都需要去查以前的論文嘛…

嗯嗯

當然，通常不可能把所有相關的論文都讀過。

所以要先讀和自己的研究直接關聯的論文，釐清過去的研究，確認有哪些未解決的問題。

嗯…

這樣才能寫出自己的「研究背景」，並能清楚地描述「這個研究的定位」。

要讀一堆英文論文，還要介紹它們寫了哪些內容啊…

我能做到嗎…

其實這比用英文發表論文還要簡單喔！

真的嗎？

第 5 章 ● 英文論文的範本格式　145

緒論的最後一段，要寫明
這篇論文的整體結構。

不過，如果是篇幅很短的論文，
通常可省略這個部分。

這樣的話，Introduction
大概要寫多少才行呢？

如果整篇論文有 6 頁，
Introduction 大概可以
寫 1 頁半左右。

1　2　3　4　5　6

Introduction

寫 Introduction 時可以參考過去研究
論文中所使用的英文句子，其實並不
難。但要注意不能照抄喔！

我知道了！

接著是「Materials and Methods
（材料與方法）」。

2. Materials
and Methods
材料與方法

這個部分可以直接參考至今
讀過，並與自己的研究相關
的論文，照著寫就可以了。

可以照抄對吧！

講白了就是
這樣啦…

接著就是最後的「Discussion（討論）」了

其實這才是最困難的部分！

4. Discussion
討論

咦！？

把Result呈現出來的結果整理出一套邏輯，再寫出有「說服力」的討論。這可是一項相當專業的技能

結果 ⇒ 整理 ⇒ 討論

說服力

……

對經驗尚淺的學生來說有難度喔。

是、是這樣啊…

經驗尚淺的學生

Discussion會用許多不同的表達方式陳述邏輯，寫作時最困難的地方在於沒有固定的句型。

沒有範本可以參考！

咦？那我該怎麼辦…

無計可施圖

「Is it a pen?」

…「No, this is a dog.」…

這、這是什麼奇怪的對話…？

那就回到原點！

用「國中的英文文法」也沒關係，先儘可能用簡單的英文寫出自己想表達的內容吧！

國中的英文文法我只記得這些…

感覺會變成很笨拙的文章…

這樣沒問題嗎？

其實還是有辦法解決這個問題喔！

真的嗎！？

不過，這留到下次再說。

你先照著今天說明的內容寫寫看吧。

150

151

論文各部分的常用寫法

　　如此節漫畫中所述，英文學術論文多由以下部分組成。本節中，我們整理了論文各部分中常使用的句型。

1. Introduction（緒論）
2. Materials and Methods（材料與方法）
或是
2. 於Methods（方法）之下，再分為以下章節
　　2.1 Design (of Experiment)（實驗設計）
　　2.2 Materials（材料）
　　2.3 Procedure（步驟）
3. Results（結果）
4. Discussion（討論）
5. Conclusion（結論）

1. Introduction（緒論）中常用的表現方式

　　寫緒論時，可照著以下脈絡書寫：「過去研究中曾提到～」→「然而，仍未能解釋～」→「因此本研究的目的在於～」。

● 與「過去研究」相關的句型
- Over the years a number of research have studied ~.
  近幾年來，許多學者研究了～。
- Over the past few years (decades) a considerable number of studies have been on ~.
  在這幾年（數十年）間，出現了相當多與～有關的研究。
- Numerous attempts have been made by previous research to show (demonstrate) ~.
  過去的研究中，為了證明～，做了許多嘗試。
- In recent years, a lot of effort have been put into determining whether ~.
  近年來，為了知道～是否正確，許多人投注了相當大的努力。

- ~ has recently received broad attention.
  最近，～吸引了許多人的注意。
- The recent research has thrown new light on ~.
  最近的研究聚焦在～上。
- There has been a growing interest in ~.
  對～開始關注。
- Considerable attention has been paid to the research of ~.
  ～的相關研究吸引了許多人的注意。
- Previous studies have focused on ～.
  過去的研究將焦點放在～上。
- There remains an ever-increasing interest and challenges to ～.
  對～的興趣與挑戰持續增加。
- ~ has been widely studied in this field.
  在這個領域中，對～的相關研究已相當多。
- Previous research has suggested / shown / proposed / demonstrated that ~.
  過去的研究支持／顯示／建議／說明～
- According to [過去研究名稱], the first attempt to understand ~ was made by ⋯.
  根據〔過去研究名稱〕，最先為了理解～，而進行了⋯。

● 與「為解決問題」相關的句型
- No studies have ever tried to ~.
  至今尚未有研究嘗試～。
- ~ has never been examined.
  ～不曾被研究過。
- Little attention has been given to ~.
  幾乎沒有人把注意力放在～上。
- ~ has hitherto been ignored.
  ～至今仍被忽略。
- Although a large number of studies have been made on ~, little is known about ⋯.
  雖然已有許多與～相關的研究，但我們對⋯的了解仍相當有限。
- However, previous studies have some limitations, such as ~.
  然而，過去的研究受到～等限制。
- However, the method has three fundamental problems: 1) ~, 2) ~, and 3) ~.
  然而，此方法有三個基本問題，也就是 1)～, 2)～, 3)～。

- As far as we know, there have been few reports about ~.
  就我們所知，目前幾乎沒有任何與～相關的研究。

● 描述研究目的的句型

- The purpose of this study is to ~.
  本研究目的為～。
- This paper deals with ~.
  本研究主要聚焦關於～的問題。
- This paper presents / shows / proposes / demonstrates / argues ~.
  本論文報告／展示／提議／說明／討論了～。
- The purpose here is to explore ~.
  這個部分的目的在於追求～。
- A major goal of this research is to ~.
  本研究的主要目標在於～。
- In this study, ~ is investigated.
  本研究中調查了～。
- In this paper, we present / show / propose / demonstrate / argue ~.
  本論文中，我們報告／展示／提議／說明／討論了～。
- We hypothesize that ~.
  我們假設～。
- On the assumption that ~,
  在～下，
- Granted / Given that ~,
  在此假設下～，
- Let us assume that ~.
  先讓我們假設～。

2. Method（方法）中常用的表現方式

● 與實驗相關的句型

- We conducted a psychological experiment where ~.
  我們進行了一項心理實驗，實驗中～。
- The first experiment to investigate ~ was conducted in ….
  用以調查～的第一個實驗中，我們進行了～。

- Thirty males and females participated in the experiment.
  有 30 位男女參與了這項實驗。
- The materials used in this study were obtained through ~.
  我們透過～取得本實驗所使用的材料。
- The materials / Participants consist of ~.
  材料／受試者由～組成。
- Five scales are used to measure ~.
  我們使用五種尺度測量～。

● 與調查相關的句型
- This study conducted a survey among 300 professionals.
  本研究對 300 位專家進行了調查。
- The questionnaire was developed by the researcher in order to ~.
  研究者為了～製作了一份調查問卷。
- The children were interviewed individually in one of three interview conditions.
  與孩子們個別面談時，從三個面談情境中選擇一種情境。
- A 50-item questionnaire was developed and distributed to 1000 students and 600 questionnaires were returned with a response rate of 60 %.
  製作了 50 個項目的問卷，發給 1000 名學生，回收了 600 份問卷，答卷率為百分之 60。

● 與計算、分析相關的句型
- A series of statistical tests have been performed to validate ~.
  我們進行了一系列的統計檢定，以確認～。
- ~ is calculated by ….
  我們用…計算～。
- Three-dimensional simulations are executed to clarify ~.
  我們進行 3D 模擬以釐清～。
- The brief analytical process is as follows:
  Step 1:
  Step 2:
  Step 3:
  分析過程大致可分為以下三個步驟：
  步驟 1：
  步驟 2：
  步驟 3：

3. Results（結果）中常用的表現方式

● 文章內的常用句型

- As a result, ~
  結果上來說，～
- Our results demonstrate / show / indicate ~.
  我們的結果說明／顯示／指出～。
- Figure X / Table X indicates / shows that ~.
  圖 X ／表 X 指出／顯示～。
- We can represent ~ in a simple diagram as follows:
  我們可用下列簡單的圖表，說明～。
- The results are presented in Table X.
  結果如表 X 所示。
- Table X summarizes ~.
  表 X 為～整理後的結果。
- Figure X shows ~.
  圖 X 顯示～。
- ~ is revealed in the following Figure.
  下一張圖顯示～。
- As Figure X indicates, ~.
  如圖 X 所示，～。
- The results of our experiment clearly show the following:
  1)
  2)
  實驗結果可清楚看出以下重點：
  1)
  2)

● 說明圖表時的常用單字

table	表（Table 1, Table 2 等，首字母大寫，不使用冠詞。附上編號。）
column	欄
figure	圖（Figure 1, Figure 2，與 Table 相似。）
diagram	示意圖
formula	方程式
chart	圖（pie chart 圓餅圖、bar chart 長條圖、flow chart 流程圖）

graph 圖（以折線或曲線呈現兩變數間關係的圖）

histogram 直方圖

- ·   dot 點
- *   asterisk 星號
- ○   circle 圓形
- □   square 正方形
- ▭   rectangle 長方形
- △   triangle 三角形
- →   arrow 箭號
- +   plus 加號
- -   minus 減號
- =   equal 等號
- ····   broken line 虛線
- ···   dotted line 刪節號
- ／   slash mark 斜線

以下四種通常為成對出現，故用複數形

( )   parenthesis(-theses) / round bracket(s) 圖括號

[ ]   bracket(s) / square bracket(s) 方括號

< >   angle brackei(s) 單尖號

{ }   brace(s) 花括號

set / class / category / group 集合   subset 子集合

proportion 比例

●圖、表的表示位置

・格式 1

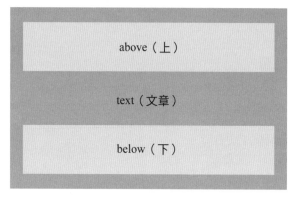

・格式 2

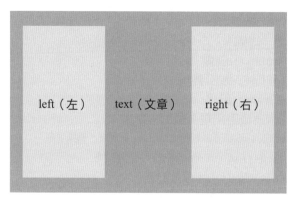

・格式 3

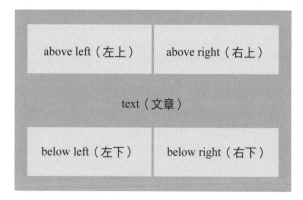

・格式 4

top left （頂部左方）	top middle （頂部中間）	top right （頂部右方）
middle left （中間左方）	middle / center （正中央）	middle right （中間右方）
bottom left （底部左方）	bottom middle （底部中間）	bottom right （底部右方）

・格式 5

top（頂部）
second from the top（上起第二部分）
middle / third from the top（正中央／上起第三部分）
second from the bottom（下起第二部分）
bottom（底部）

・格式 6

left / extreme left （左／ 左端）	second from the left （左起第 二部分）	middle （正中 央）	second from the right （右起第 二部分）	right / extreme left （右／ 右端）

舉例來說，以下各種版面設計中，若要描述在 ■ 處的廣告，則分別會使用以下用詞。

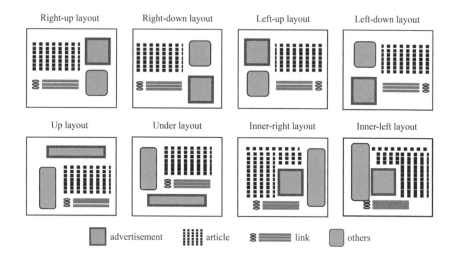

4. Discussion（討論）與 Conclusion（結論）中
　常用的表現方式

- It is clear / obvious / possible / likely that ~.
  ～的結果 很明確／很清楚／有可能／很可能。
- The results prove clearly that ~.
  由此結果可清楚證明～。
- It is not to be denied that ~.
  是無可否認的。
- Even if any doubt remains about ~, it is clear that ⋯.
  即使對於～仍有些疑點，我們已可確定⋯。
- Even if ~, this does not affect the validity of ⋯.
  即使～，仍不會影響⋯的有效性。
- We may say that ~.
  我們可說～。
- We cannot say that ~.
  我們無法保證～。

- It seems reasonable to conclude that ~.
  我們認為～的結論似乎是合理的。
- This is a valid argument / assumption.
  這是一個有效的論證／假定。
- One possibility is to assume that ~. Another possibility is ….
  作為其中一種可能性，可假定～。另一種可能性則是…。
- Given that ~, we can explain why ….
  以～為前提，我們可解釋…。
- Note that ~.
  請注意～。
- We shall discuss it in detail.
  接著我們想詳細討論這個部分。
- We shall now look more carefully into ~.
  我們應該要更加仔細地檢視～。
- We shall concentrate / focus on ~.
  我們應 專注在／聚焦在～。
- Before turning to ~, we must pay attention to ….
  在進入～的主題之前，我們應注意到…。
- This will lead us further into a consideration of ~.
  這使我們進一步想到～。
- Let us now attempt to extend the observation into ~.
  讓我們試著把這個發現加以推廣至～。
- We are now in a position to say ~.
  我們現在可以說～是正確的。
- We are now ready to consider ~.
  我們現在已做好進一步討論～的準備。
- Having observed ~ , we can then go on to consider ….
  透過觀察～，我們能進一步考量…。
- It is not necessary for the purpose of this article to enter into a detailed discussion of ~.
  就本論文的研究目的而言，沒有必要在～這個點上深究。
- To argue this point would carry us too far away from the purpose of this paper.
  討論這個論點會偏離本論文的核心目的。
- ~ remain to be tested.
  今後仍有必要繼續調查～。

- It needs further consideration / discussion.
  今後仍有必要進一步思考／討論。
- Compared with existing studies, our method allowed ~.
  與既有的研究相比，我們的方法使～化作可能。
- Our method has the advantages of ~ in comparison with previous studies.
  與過去的研究相比，我們的方法優勢在於～。
- Our results are consistent with previous findings obtained by ~.
  我們得到的結果，與過去利用～的方法得到的結果一致。
- The results show that the proposed method is much better than the classical method.
  結果顯示，我們提議的方法比傳統的方法更加適當。
- The results of this study reveal that ~.
  本研究結果明白指出～。
- These findings show that ~.
  本研究結果顯示～。
- The results lead to the conclusion that ~ .
  由本研究結果可推論出～的結論。
- The following are the main findings of this study:
  以下為本研究之主要發現：

5. Conclusion（結論）與未來展望中常用的表現方式

- In the future, ~ also need to be discussed in more detail.
  未來有必要詳細討論～的細節。
- A detailed analysis on ~ will be presented in a future work.
  我們未來的研究中，將報告～詳細的分析結果。
- To further verify the results, future work should perform ~.
  為進一步證實這些結果，未來研究中需做到～。

第 **6** 章

英文學術論文的
調整與修飾

啊！

呃…穿這件不會太露嗎…？

偶爾也要大膽嘗試一下嘛！

肩膀和手臂…

鏘鏘——！❤

這件怎麼樣呢？

雖然平常都被白袍遮住，其實學姊身材不錯吧？

臉紅

咦？

不過，這件衣服真的很適合學姊喔！

這、這樣啊…！

呼…

好久沒這麼緊張了…

太誇張了吧…

江本同學不是也在書店買了什麼東西嗎？

啊！

對啊！

翻翻…

165

1. 善用範本練習寫作

Synesthetic metaphors such as "sweet touch" or "sweet voice"
are a kind of adjective metaphors, in which an adjective denoting the perception
of some sense modality modifies a noun's modality.

聯覺隱喻如「甜蜜接觸」或「甜美的聲音」等，指的是原本用來修飾
某種感覺的形容詞，被用來修飾另一種感覺名詞，是一種形容詞隱喻。

這是關於「synesthetic metaphors
（聯覺隱喻）」的論文

試著模仿這段文字中，
描述論文背景的寫法吧

可是這篇論文和我的研究
主題完全無關耶…

確實是拿主題相近的
論文來參考比較好

不過，因為 Introduction 中
該寫哪些內容是固定的，
所以任何一篇學術論文都
可以拿來當參考喔！

這樣啊—

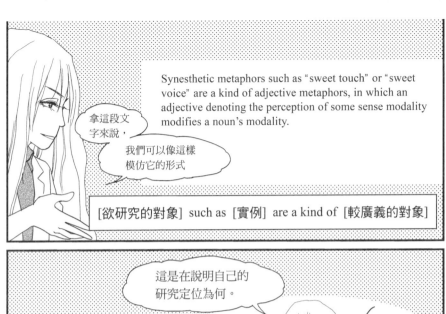

拿這段文字來說，

Synesthetic metaphors such as "sweet touch" or "sweet voice" are a kind of adjective metaphors, in which an adjective denoting the perception of some sense modality modifies a noun's modality.

我們可以像這樣模仿它的形式

[欲研究的對象] such as [實例] are a kind of [較廣義的對象]

這是在說明自己的研究定位為何。

當然，要是覺得這在自己的論文中沒必要出現，也不用勉強使用喔！

像這樣——找出自己會用到的句型，再代換成自己的文字就行囉！

原來如此～

再來可以列舉出相關領域中，具有代表性的論文。

因為這篇論文和國際會議上常討論的主題有些關係，所以會先介紹一些過去研究喔。

Metaphor studies in the domain of cognitive science have paid little or no attention to adjective metaphors. Many existing studies have paid much attention to nominal metaphors such as "My job is a jail" (e.g., Bowdle and Gentner (2005); Glucksberg (2001); Jones and Estes (2006); Utsumi (2007)) and predicative metaphors such as "He shot down all of my arguments" (e.g., Lakoff and Johnson (1980); Martin (1992)).Many studies focusing on synesthetic metaphors, including Werning, Fleischhauer, and Beşeoğlu (2006), have examined how the acceptability of synesthetic metaphors can be explained by the pairing of adjective modifier's and head noun's modalities. Ullmann (1951), in a very early study on synesthetic metaphors, proposes a certain hierarchy of lower and higher perceptual modalities. He claims that qualities of lower senses should preferentially occur in the source domain, while qualities of higher senses should be preferred in the target domain. After Ullmann, Williams (1976) makes a more differentiated claim of directionality, in which a similar order of sense modalities is proposed. Recently, Werning et al. (2006) explores the factors that enhance the cognitive accessibility of synesthetic metaphors for the German language. Very few studies, however, have attempted to explore how people comprehend synesthetic metaphors.

認知科學研究中，討論到隱喻研究時，幾乎不曾提過形容詞隱喻。大部分現行研究把目光放在如「我的工作就像監獄」的名詞隱喻，或者是「他一一擊落我的所有論點」的敘述隱喻。而聚焦於聯覺隱喻的研究，多著重於分析聯覺隱喻的容許程度，可如何以形容詞與名詞狀態的組合來說明。最先投入聯覺研究的 Ullmann（1951）認為可依感覺狀態的程度分為低階與高階。他認為低階感覺傾向來自來源領域，而高階感覺則傾向來自目標領域。之後，Williams（1976）為類似感覺互相轉用的方向性，提出了更為細緻的分析方式。近年則有 Werning 等人（2006）檢視了那些可增進德語中對聯覺譬喻容許程度的因素。然而，幾乎沒有任何研究探究過人如何理解聯覺譬喻。

這也是我看不懂的論文啊…

把這段文字換幾個字之後就能用囉，
可以換的地方如下

[欲研究的對象] in the domain of [國際會議所屬的領域] have paid little or no attention to [自己關注並投入研究的對象]. Many existing studies have paid much attention to [在這個領域中常被研究的對象] such as [實例] ([列舉過去研究]). Many studies focusing on [自己的研究對象], including [過去研究], have examined [從過去研究的 abstract 中，選擇適合的內容以一句話說明]. [領域的先驅研究], in a very early study on [自己的研究對象], proposes [尋找將前述主張加以濃縮統整的論文，加以模仿]. He claims that [尋找將前述主張加以濃縮統整的論文，加以模仿]. After [前文中提到的領域的先驅研究], [順次提及代表性的研究]. Recently, [最近具代表性的研究] explores [模仿將前述之最近研究的主張加以統整的論文，或者直接模仿該最近研究中的abstract]. Very few studies, however, have attempted to explore [過去研究中仍未解決的問題].

原來如此～，只要把 [ ] 內的文字換掉就行了吧！
這樣比從頭開始寫起還要輕鬆多了

那就好。另外，在說明自己的研究與過去研究究竟有何
不同時，正是推銷自己的研究目的或意義的時機喔

In this study we propose that experience-based event knowledge plays an important role in relating the intermediate category evoked by the adjective to the target concept expressed by the noun. Event knowledge has been recognized to be important for metaphor comprehension process by many scholars.

For instance, Lakoff and Johnson (1980) argues that … As for synesthetic metaphors, Taylor (2003) argues that they cannot be reduced to correlations.

He argues that … Unlike Taylor (2003), Sakamoto and Utsumi (2008) point out that there are a number of synesthetic metaphors which seemed to be based on correlations in experience. For example, … However, Sakamoto and Utsumi (2008)

did not verify their argument based on psychological experiment. In this study we focus on experience-based event knowledge when we explore how people comprehend synesthetic metaphors.

本研究中我們認為，當人們透過形容詞產生的印象與名詞所帶有的印象產生連結時，以經驗為基礎的事件知識扮演著重要的角色。許多學者認為，事件知識在理解隱喻的過程中相當重要。舉例來說…與聯覺隱喻相關的研究中，Taylor（2003）認為不能將其減化為詞語的相關性。與 Taylor（2003）相反，Sakamoto & Utsumi（2008）卻認為，基於經驗上的相關性所形成的聯覺隱喻經常出現。舉例來說…。然而，Sakamoto & Utsumi（2008）確沒有以心理實驗證實他們的論點。本研究中將以基於經驗的事件知識為核心，探討人們如何理解聯覺隱喻。

> 與前面相同，換掉部分文字之後，便能用在自己的論文上了！

In this study we propose that [自己的研究之主張]. [以關鍵字的型式說明這個概念] For instance, [第一個提出這個概念的先驅研究] argues that [該先驅研究的主張]. As for [自己的研究對象], [曾使用同樣概念來研究相同對象的過去研究] argues that [這個過去研究的主張]. He argues that [這個過去研究的主張之說明]. Unlike [前文的過去研究], [與前文的過去研究有不同主張的過去研究] point out that [該過去研究的主張]. For example, [列舉實例說明]. However, [前文的過去研究] did not verify their argument based on psychological experiment. In this study we focus on [關鍵字型式的概念] when we explore [過去研究中未能解決，想在自己的研究中解決的問題，即研究目的].

最後則是將 Introduction 做一個總結，或者是預告整篇論文的結構做為緒論的結尾。接下來要寫的東西則會依這篇是實驗性或理論性的英文論文而有不同。這裡讓我們來看看實驗的論文的例子吧。
實驗性論文中，接下來會寫「2. Materials and Methods（材料與方法）」。這篇論文用人類來做實驗，所以會先說明 Participants（受試者或參加實驗者）的狀況。

Thirty naive participants, aged between 19 and 26 years old, took part in the experiments. Fifteen of the 30 (ten males and five females) performed the experiment in the A condition; the other fifteen (ten males and five females) performed the experiment in the B condition. They were unaware of the purpose of the experiments, and they had no known abnormalities of their verbal or tactile sensory systems or any particular skills with respect to touch. They visited a laboratory at the University of ○○ for one day to conduct trials. Informed consent was obtained from the participants before the experiment started. Recruitment of the participants and experimental procedures were approved by the University of ○○ Research Ethics Committee and were conducted in accordance with the Declaration of Helsinki.

共有 30 名未接觸相關專業知識的受試者參加實驗，介於 19 至 26 歲。30 人中有 15 人（10 名男性、5 名女性）進行 A 條件的實驗，剩下的 15 人（10 名男性、5 名女性）進行 B 條件的實驗。他們在實驗前不曉得實驗目的，語言和觸覺感官系統正常，亦沒有與觸覺相關的特殊能力。他們在○○大學的實驗待了一天以進行實驗。實驗開始前他們有簽署知情同意書。受試者募集公告與實驗過程皆有獲得○○大學研究倫理委員會許可實驗執行過程符合赫爾辛基宣言的要求。

只要把這段文字中該研究特有的部分，換成與自己的研究相關的描述就可以了吧？

沒錯，譬如說這樣：

[受試者人數] participants, aged [受試者年齡], took part in the experiments. [人數] (○○ males and ○○ females) performed the experiment in the ○○ condition; the other [人數] (○○ males and ○○ females) performed the experiment in the ○○-condition. They were unaware of the purpose of the experiments, and they had no known abnormalities of their [與實驗相關的能力] or any particular skills with respect to [與實驗相關的能力]. They visited [進行實驗的地方] for [進行實驗所需時間] to conduct trials. Informed consent was obtained from the participants before the experiment started. Recruitment of the participants and experimental procedures were approved by [許可機構] Ethics Committee and were conducted in accordance with [規範的名稱].

感覺很好用耶！

因為以人作為受試者的實驗，需要寫的東西大都是固定的啊！

接著來說明 Apparatus and Materials
（實驗裝置與使用材料）吧

We selected 120 types of tactile materials for the experiments, including fabrics, papers, metals, leathers, rubbers, woods, sand, rocks, and plastics. When feasible, samples were cut to a size of 6 cm x 6 cm and stacked in layers to 2-mm thickness. As illustrated in Fig. 1, participants sat in front of a box with an 8 cm x 10 cm hole in it (the materials box) and placed the index finger of the dominant hand into the box through the hole to touch a material; they could not see the material while they were touching it.

Figure 1: Participant touching a material.

實驗中使用了布、紙、金屬、皮、橡膠、木材、沙、石頭、塑膠等共 120 種材料供觸摸。在可行的情況下，將材料剪成 6 公分 × 6 公分的大小，堆疊層次厚度為 2 公釐。如圖 1 所示，我們要求受試者坐在一個開有 8 公分 × 10 公分的洞的箱子前，並將慣用手的食指伸入洞內觸摸材料。觸摸時受試者看不到箱內的材料。

這裡可以用圖來表示實驗情形，這樣也比較好懂。
根據實驗方法不同，這段文字可以替換的部分可能會
不一樣，不過大致上照這樣寫就沒問題了。

We selected [種類數] types of [哪些材料] materials for the experiments, including [實際舉例材料]. When feasible, samples were [如何加工]. As illustrated in Fig. [圖編號], participants [對受試者進行何種實驗].

2. 利用網路搜尋，練習寫作

之前也有提過，「先別想太多，用『國中程度的英文文法』寫」對吧？

是的。

網路上有許多論文可以瀏覽，

可以試著搜尋包含特定的關鍵字的論文，

也可以參考專業網站。

接下來該怎麼做呢…？

之前我在搜尋參考資料時，也有看過。

試著把自己寫在的論文中的單字，當作搜尋用的關鍵字…

\click/

keyword 搜尋

就能查到這個關鍵字該怎麼使用。

再試著模仿搜尋到的句子，把自己想討論的東西套進去就行了。

原來如此

178

論文的範本

　　以下將介紹幾個論文範本，並以填空的型式呈現每一段的結構。對不熟悉英文論文寫作的人來說，從零開始寫出一整篇論文相當費力。要是能有些提示的話，應該比較能想像寫出來的論文會是什麼樣子。如漫畫中所提到的，從自己的專業領域的論文中，找出幾篇論文來閱讀，從中找出與自己想寫的內容最相近的論文A，再從其他地方找尋有引用這篇論文A的論文B，看論文B怎麼介紹作為過去研究的A，再模仿論文B的寫法就可以了。不過，可以模仿的只有論文的寫作方式，若將論文的原創內容也寫進去的話，就會構成抄襲，請特別注意。

●範本 1（理工領域研究論文的共通範本）

1. Introduction

The Theory of [理論名稱] [理論定義]. The model has been extended to account for [適用這個模型的領域]. Despite the extensiveness of the [模型名稱], we are aware of only a few recent studies ([過去研究名稱]) challenging [過去許多研究中無法說明的地方]. Of these studies we will include [過去研究名稱]. Computational models of [研究領域] such as [模型名稱] offer both theoretical and practical advantages. The theoretical advantages include [舉例說明優點]. Computational models can also be applied to [為什麼適用]. [模型名稱] is thus able to [這個模型可用來做什麼], but we find that there is room to examine [仍有哪些值得進一步探討的地方]. In the following we shall examine [要探討哪個部分].

2. Methods

3. Rsults

Table 1 displays [Table 1 想說明的東西]. Note that [應注意的地方]. [Table 1 裡的特定位置] Table 1 confirms that [由 Table 1 可確認的事項].

Table 1 [表 1 的說明]

To further examine [需進一步探討的對象], Figure 1 displays [圖 1 想說明的東西], i.e. [具體說明].

Figure 1 [圖 1 的說明]

As is evident from Figure 1, the model is [由圖 1 可確認的模型特性].
Table 2 lists [表 2 列舉的東西].

Table 2 [表 2 的說明]

4. Discussion

[我們發現的事] that we found are consistent. We find that this is a strong point as [模型有什麼樣的優點]. We therefore preliminarily conclude that [因此可得到什麼結論]. We do not understand [仍不曉得哪些事], but this is an interesting topic for future studies.

●範本 2（以人為對象的調查結果寫成的研究論文）

1. Introduction

How should [提到問題]. The [理論或方法論的名稱] framework ([過去研究名稱]) has been remarkably successful at explaining [欲說明的對象] in a wide range of domains. However, its success is largely dependent on [取決於什麼]. This is unsatisfying practically, because the models do not scale beyond the originally modeled problem, and theoretically, as it is unclear whether [仍有哪些事未知]. One possible solution is to [該做些什麼]. This helps address both the practical and the theoretical concerns raised by the [模型名稱] model. In this paper, we use this approach to show [欲說明的東西], making it possible to apply the [理論或方法論的名字] framework to a wide range of [理論或方法論欲應用的對象]. We focus on one specific [問題名稱] problem, [具體的問題], where [說明問題]. Given that [給定的條件], [給定條件下很難解決的問題] is a very difficult problem ([過去研究名稱]). We propose a method for [提出某種方法想做的事] using [使用的東西]. In particular, we use [具體列出會用到什麼資源] ([過去研究名稱]) as [作為什麼東西來使用]. [資源或方法的名稱] is [資源或方法的說明]. These resources allow us to [使我們可以做什麼動作] We demonstrate that [證明了什麼], addressing the practical and theoretical issues with [模型名稱] models discussed earlier. The plan of the rest of the paper is as follows. In the next sections we review the [模型名稱] model and then examine [分析了什麼]. We then show how to [達成了什麼目的]. Afterwards, we present two experiments [說明做了什麼實驗]. Finally, we discuss the implications of our work and future directions for research.

2. Methods

2.1 The Framework [理論或方法論的名稱]
可參考過去研究說明理論或方法論

2.2 Constructing [建構的模型]

3.實驗

To evaluate the performance of our models, we conducted two experiments. The first experiment [說明第一個實驗要做什麼]. The second experiment [說明第二個實驗要做什麼].

3.1 Experiment 1
Participants: [受試者數目] participants were recruited via [如何找來受試者] and compensated [支付受試者多少報酬]. Each participant completed as many trials as he or she wished. All participant responses were used.

Stimuli and Procedure: The stimuli consisted of [有哪些實驗刺激].

For each trial, participants were instructed that they needed to [受試者要做些什麼].

3.2 Results
Figure 1 shows the results of this experiment. For each condition, the data for each test item has been averaged over participants. [圖 1 的說明].

This validates our method of [證實其有效的方法]

3.3 Experiment 2
Participants. [受試者數目] participants were recruited via [如何找來受試者] and compensated [支付受試者多少報酬]. As in Experiment 1, each participant completed as many trials as he or she wished. All participant responses were used.

Stimuli and Procedure. Table 1 contains [說明於表 1 中列出的實驗刺激]. The procedure was identical to Experiment 1.

3.4 Results
Figure 2 presents the averaged results of [什麼樣的結果] [圖 2 的說明]

4. Discussion
Although the [理論或方法論的名稱] framework has been extremely successful in

explaining[可完美解釋的東西], [沒有解釋到的東西] is unsatisfying. In this paper, we explored [本研究中我們想弄清楚的事]. In the first experiment, we validated that the [模型名稱] model can capture [可捕捉到什麼東西]. In the second experiment, we showed that the [模型名稱] model explains [可說明什麼東西]. Using [用了哪些方法], the model [我們提出的模型可以做到哪些事], thus demonstrating [說明我們的方法有什麼優點] benefits of our approach.

In the future, we hope to perform a large scale empirical test of the [提出的模型名稱] model using more [再優化的地方]. The larger set of empirical results would enable us to perform a more detailed investigation of [能更加詳細地調查出哪個部分].

●範本 3（計算模型或以理論為主的研究論文）

1. Introduction

[論文想討論的主題] plays an important role in the social life and attracts interest from a very broad range of researchers and scientists ([過去研究名稱]). In [研究領域] areas, [論文想討論的主題] using computational models is a classical problem. The representative models include: [模型名稱與提出這個模型的過去研究名稱], [模型名稱與提出這個模型的過去研究名稱], and so on. In [研究領域名稱], [論文想討論的主題] is a vividly researched area ([列舉過去研究的名稱]). It is argued that [過去研究中主要討論的內容]. Researchers in [研究領域名稱] seek to understand [過去學者們想掌握的部分] ([過去研究名稱]). Hence, the researchers have utilized some [可應用的技術] techniques to [該技術被用來做什麼], such as [技術舉例]. [模型名稱] model is utilized to measure of [測定的對象] and provide the predictions about [預測的對象] ([過去研究名稱]). Many empirical validations have demonstrated that [模型名稱] models have notable ability in various tasks, such as [列舉適用這個模型的例子] [過去研究名稱]).

This paper models [模型化的對象] via [技術的詳細說明] technique. [技術名稱] models [模型化的對象]. [模型名稱] model is selected in this paper because of two considerations. First,[模型名稱] architecture is [本論文採用這個模型的理由]. Second, [模型名稱] has demonstrated distinguished ability of [優點] ([過去研究名稱]). This is the first paper utilizing [技術名稱] techniques to model [模型化的對象]. Compared with existing [現行的模型名稱] models, our proposed [模型名稱] has several attractive characteristics: 1) [特徵說明]. 2) [特徵說明]. 3) [特徵說明].

2. Model

In this section, we design a [演算法名稱] algorithm for the task of [處理的對象], includes [任務舉例]. The strategy of [方法名稱] is utilized to construct a [建構出來的東西].

[模型說明]

Figure 1: [圖 1 的標題]

Figure 1 shows the architecture of [圖 1 的說明]

3. Experiment

3.1 Data set

The data set collected between [收集開始時間點] and [收集結束時間點] contains [數目] subjects with a total of [數目]. We obtain [數目] [得到的資料] for each individual.

3.2 Procedure

In this experiment, we intend to investigate [調查目的、對象].

4. Experimental Results

In the experiment, we [說明實驗目的與得到的資料性質]. [結果] is shown in Table 1. As shown in Table 1, the [分析結果] of [過去的模型名稱] model is better than [過去另一個模型名稱] model. And our proposed[我們提出的模型名稱] has the best performance in comparison to others.

Table 1: [表 1 的標題]

5. Conclusion and Future Work

In this paper, we make an attempt to construct a [模型名稱] model for [模型化的對象] in a frame of [方法]. To evaluate proposed models, we do experiments on [實驗對象]. Experiment results not only show the distinguishing [優點] ability of our model but also clearly demonstrate [結果顯示了什麼]. To a certain extent our attempt is an example to prove that [證明了什麼]. In future, we will go in this direction to propose novel computational model by [方法]. And we will explore [研究對象] from the viewpoint of [從什麼角度去看].

第7章

國際會議發表前的準備

186

請和我成為朋友！！

隆　　重　　━━！！

……咦？

可以啊！

真的嗎！？

不過我們已經是朋友了喔！

所有人類都是朋友喔！

咦　　咦

謝…謝謝你～～～！！

……

你說要傳達心情，指的就是這個嗎…？

太棒了～！

今天真是值得慶祝的日子！

那個～…

這、這樣就行了吧！？

有什麼問題嗎！？

不…沒有…

不過也算是前進一點了吧…

多虧了江本同學，我才能跨出這步…

這次輪到江本同學了！

握

拳

好激動啊…

快把論文完成吧！耶——

那…那就拜託你了…

1. 寄送電子郵件

這是日文書信的寫法嘛⋯

鈞鑒

正值處暑，聽聞 John Smith 教授仍身輕健朗，由衷感為欣喜。

這個部分不需要翻譯成英文。

真的嗎？

寫書信或電子郵件時，用英文和日文的寫法並不一樣喔！

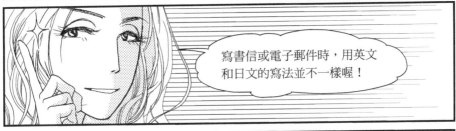

首先，把寫英文信件的 5 個原則記下來吧！

英文信件的 5 個原則

原則 1　在對方的姓名前要加上 Dear 與敬稱（Professor 或 Dr., Mr., Mrs., Ms.等）。

原則 2　不需要時節問候語。

原則 3　一開始便寫出這封信的目的。

原則 4　別忘了道謝。
舉例來説，「麻煩您了」可以寫為
Thank you very much for any help you can provide.

原則 5　最後加上 Sincerely yours 或 Yours sincerely 或 Best regards 等文字，再寫上自己的署名。
不需省略自己的頭銜，譬如可直接寫為 Dr. John Smith。

唔——

從來沒看過英文信件的話，真的很難想像該長什麼樣子呢…

我今天心情還不錯，這次就特別幫你翻譯成英文吧！

呵呵

把這個當作參考，下次就自己試著寫寫看吧！

太棒了！

按
按

John Smith 教授 鈞鑒

我們想要參加 2016 年 11 月於舊金山舉行的資訊工程學術工作坊。欲投稿的論文標題為「新聞網站廣告的版面配置最適化研究」，作者為八代甚平與江本里奈，皆隸屬於○○。

附加檔案為 Microsoft Word 檔與其 PDF 轉檔，內容為論文的 abstract。若開啟檔案有問題的話，請不吝告知。我的電話號碼為：+81-(0)3-3333-3333，傳真號碼為+81-(0)3-3333-3335。

非常感謝您。期待在工作坊中與您會面。

謹上
江本里奈

Dear Prof. John Smith

We would like to attend the workshop on Information and Engineering Sciences to be held on November 2016 in San Francisco. The paper we would like to contribute to the workshop is entitled "Layout Optimization of Advertisements on News Websites". The authors of the paper are Jinbei Yashiro and Rina Emoto, both affiliated with ○○.

Attached here please find a MS-WORD and its PDF files of the abstract of the paper. Please let me know if you have any problems in opening these files. My phone number is +81-(0)3-3333-3333 and the fax number is +81-(0)-3-3333-3335.

Thank you very much and I look forward to seeing you at the workshop.

Sincerely yours,

Rina Emoto

趁等待回信的時候來
練習一下英文對話！

那就把這個內容用
電子郵件寄過去吧！

你都一個人
練習嗎？

在那之後

八代 甚平 教授
Prof. Jinbei Yashiro
研究室

博井學姊！

真拿妳沒辦法，
我來當你的練習
對象吧！

收到回信了！

怎麼樣呢？

哇，謝謝
學姊～

哦
：…

這個嘛…

Dear Rina Emoto

Thank you for your contribution to the International Workshop on Information and Engineering Sciences to be held at San Francisco.

We are glad to inform you that your paper has been accepted by the program committee and you are invited to give an oral presentation on your paper.

The reviews are included below. Please attend carefully to the reviewers' comments and revise the submission to take the comments into account when you submit the final, camera ready version.

Sincerely yours,
John Smith

江本里奈小姐 鈞鑒
感謝您報名參加並投稿在舊金山舉行的資訊工程學術工作坊。
很高興能通知您，經執行委員會審查後決定接受您的論文，
並邀請您於工作坊上進行口頭報告。
審查結果如下，請仔細看過審查者的意見，
並依照審查者的意見修改欲投稿的論文，再交上最後版本以供印刷使用。
謹上

John Smith

這是我收到
的回信！

論文被接受了呢！
恭喜你！

非常感謝你！

可是這樣就不得不做「口頭發表」了耶！

這樣不是很好嗎？

是…是這樣嗎？

國際會議中發表的論文，大致上可以分成 oral presentation（口頭發表）和 poster presentation（海報發表）。

雖然被選上口頭發表不代表比較厲害，但可進行口頭發表的人數是有限制的。

國際會議發表

口頭發表

海報發表

通常，對該次會議的聽眾們比較有意義的論文會優先被選去進行口頭發表喔！

這樣啊～…

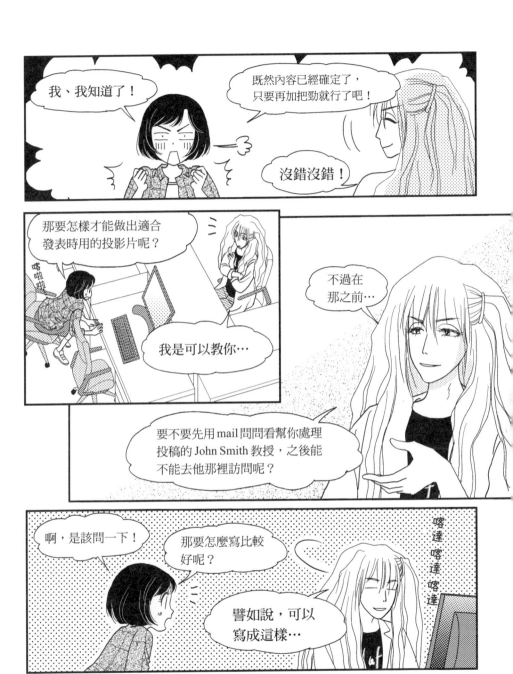

Dear Prof. John Smith

I am writing to ask you to accept our visit to your laboratory after the International Workshop on Information and Engineering Sciences to be held in San Francisco in 3 months.

We are hoping to visit you on November 5th, 2016. We will be a party of three, including Prof. J. Yashiro, Ms. Hime Hakui and myself. So, please let me know if you will be available for us.

Thank you very much in advance.

Sincerely yours,
Rina Emoto

John Smith 教授 鈞鑒
我們希望能在 3 個月後的舊金山資訊工程學術工作坊結束後，
拜訪您的研究室，故寫下這封信以徵求您的同意。
我們希望能在 2016 年 11 月 5 日拜訪，共有八代慎平、博井姬，與我共三人。
請再回信告知是否方便我們過去拜訪。
非常感謝您
謹上
江本里奈

嘿★

2. 製作發表時使用的簡報資料

首先，

依照你被分配到的報告時間，決定要做幾頁。投影片吧，這很重要。

投影片 ？ 頁

各學術領域之學會的發表會上，報告和回答問題的時間加起來通常在20～30分鐘左右。

照教授說的話，

我的報告時間是 15 分鐘，回答問題則是 5 分鐘。

回答問題 5分鐘

報告 15分鐘

原來如此。

一般來說平均1分鐘大約是1頁投影片

所以最好能整理成15～20頁投影片。

投影片張數 1頁／1分鐘

我知道了

喀達喀達

要是投影片太少，回答問題的時間會太長，反而不輕鬆

要是投影片太多，報告到一半時會越來越急躁，這樣也不好

會被問倒喔…

START 報告 回答問題

START 報告 回答

我知道啦——

Hurry UP!!

看來要準備剛剛好的資料量來報才好呢…

202

通常在報告時間結束的1分鐘前會響鈴提示。

只要在鈴響時能調整剩下的報告內容就可以了。

哇——是這樣啊——

等我把報告資料做好之後要邊計時邊練習報告看看

Ring♪

剩1分

很好很好

筆記

要記得計時…。

來談談報告的架構吧！

從標題頁到結論頁間的安排有一套固定流程。

Title ② ③ ④ ⑤ ⑥
①
⑦
結論

接著就來說明這個。

拜託你了！

頁數的分配會視論文內容而定，

論文的

順著論文流程一一做出投影片就行了。

好的！

流程

江本同學的報告，大概可以分成這些部分吧。

頁面分配概要

因為要「順著流程」，所以穿上了泛舟用的裝備喔！

除了「研究方法」和「結果與討論」之外，幾乎都只要 1 頁投影片就行了…

再來談談報告內容吧。

每個部分的必要內容都有一定規則，照著這個規則寫就可以了。

首先是「標題頁」。這裡要寫出論文名稱、所有作者的姓名、隸屬機構名稱、報告地點、報告日期等。

像這個樣子…？

> **Layout Optimization of Advertisements**
> **on New Websites**
>
> Rina Emoto and Jinbei Yashiro
> Department of Informatics and Engineering
> The University of ○○
> Rina@inf.???.ac.jp
>
> 2nd International Workshop on
> Information snd Engineering Sciences
> San Francisco
> November 1-5, 2016

沒錯。接著只要想辦法把每一頁要報告的內容寫成自己能一目瞭然的樣子就行了！

再來是「目次」。先把要報告的內容說明一下，讓聽眾對整個報告有個概念，之後比較能進入狀況仔細聆聽。這個部分可以用條列式說明。

就是把每個項目一一列出來吧。

通常在目次之後，會進入「研究目的」的部分，不過聽眾對這個領域未必熟悉，所以先說明「研究背景」會比較好。可以像這樣用一些圖形簡單講解背景。

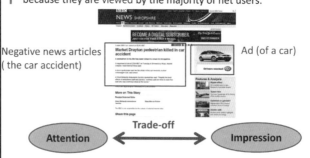

「研究目的」可以寫得簡潔一點，像這樣：

THE PURPOSE OF OUR STUDY

Exploring effective layouts of ads that satisfy attention, impression and readability

──── **AT THE SAME TIME** ────

ATTENTION

+ **READABILITY**

IMPRESSION

OPTIMAL POSITIONS OF ADS

這樣真的很簡潔耶！嗯，不過都是文字不曉得聽眾看不看得下去呢⋯

接著是「研究方法（實驗概要）」。這部分的內容順序會隨不同研究而有所差異，不過大致上是照著材料、實驗設計、研究步驟的順序說明。

就我的實驗來說，用圖來展示實驗中如何賦與受試者各種實驗刺激（＝Materials），這樣應該比較好理解吧！

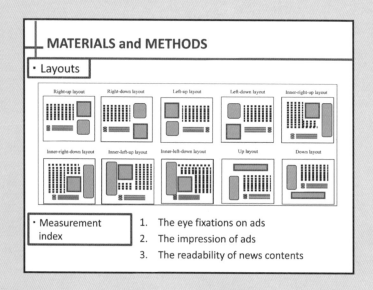

MATERIALS and METHODS

・Layouts

・Measurement index

1. The eye fixations on ads
2. The impression of ads
3. The readability of news contents

講到實驗方法中與實驗設計相關的內容時，可以展示實驗時拍攝的照片，或者列出實驗中將測試的項目，並用容易理解的方式說明清楚。接著再照順序簡單說明實際的實驗步驟。

如果有照片或圖表的話就能一目瞭然，也比較有說服力！

再來進入實驗的「結果與討論」。
這裡就多用點心，以各種圖表簡潔有力
的說明清楚吧！

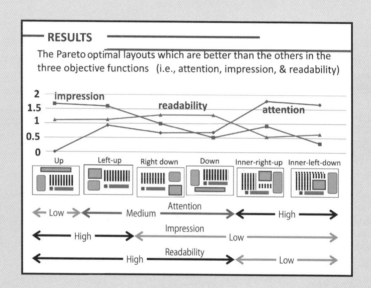

接下來的「結論」與「未來展望」可以用條列式的
方式，簡潔有力地寫成一頁就好。

最後再加上參考文獻和謝詞就結束了！

照學姊教我的方式去做投影片，感覺很快就能做完了耶！

在報告的時候，用論文中所使用的英文來說明投影片就好。

最好能用口語化一點的方式說明喔！

不過，還有回答問題的部分啊…

回答問題

這部分就沒辦法先準備好講稿了

!!!!!!!!

是啊，所以大家才會緊張啊。

畢竟還要想辦法理解發問的人在講什麼嘛。

報告前能夠先做哪些準備呢？

準備可能會被問的問題以及相應的答案。

準備無法回答時的英文應對

像這些。

我知道了！

雖然很緊張，但把能做的先完成吧…

是啊。

對了！

啪

喂喂

為了訓練膽量，要不要找查達同學來練習英文呢？

什麼！？

英文交談對象有我就夠了吧，找我啦！

嗚嗚…

可是和博井學姊比起來，還是找個外國人練習吧…

放心吧！

不然我戴著金色假髮如何？

你開玩笑的吧…？

認真的嗎

於是…

國際會議當天

Clap
Clap
Clap

Very Good!!

辛苦了！

這都要感謝博井學姊啊！

就第一次的報告來說，表現得很好喔！

別謝我了，快去和其他來賓交流吧！

好的！

簡報資料的範例

漫畫中我們介紹了報告的流程，接著要具體說明實際報告時，該如何說明研究內容。說明研究內容時的用詞，需與投稿至國際會議時，所交的論文用詞相同。特別是投稿時，若已請母語人士或指導教授確認過英文用法無誤，可直接用論文中的用詞會更有效率。

1 標題頁（1 頁）

Layout Optimization of Advertisements on New Websites

Rina Emoto and Jinbei Yashiro
Department of Informatics and Engineering
The University of ○○
Rina@inf.???.ac.jp

2nd International Workshop on
Information snd Engineering Sciences
San Francisco
November 1-5, 2016

"Thank you for the introduction, Mr. / Ms. chairperson.
I'm Rina Emoto. I will be talking about layout optimization of advertisements on News Websites."

「感謝主持人○○先生／小姐的介紹。我是江本里奈。我要報告的研究題目為新聞網站之廣告排版的最佳化。」

●像這樣簡單打聲招呼，冷靜下來後再開始報告。

2 目次（1頁）

Table of Contents

- Background and the purpose of this study

- Experiments

- Results

- Conclusion and future research

"In this presentation, first I am going to talk about the background and the purpose of this study. Then, I will explain details of the experimental procedure. After that I will show you some results of our experiments. Finally, I will make a brief summary and talk about future research."

「我的報告中，會先說明這項研究的背景與目的，接著詳細說明實驗步驟，再列出實驗結果，最後整理出結論以及未來發展。」

●像這樣說明報告的大概流程，能讓聽眾們對論文有初步了解。

③ 研究背景（1～2頁）

從論文的 Introduction 中介紹過去研究、說明論文背景的部分抓重點出來做成簡報。選出幾個重要且易理解的過去研究，以圖表示其研究內容，讓不同領域的人也能理解你的研究背景。

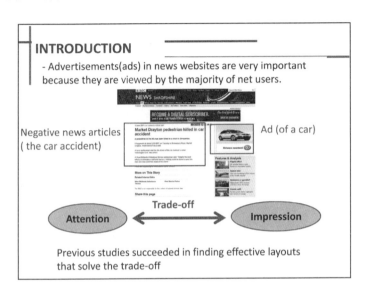

"Advertisements, namely ads, in news websites are very important because they are viewed by the majority of net users. Since the ads in the websites are randomly inserted, they are frequently inserted into the negative news article. For example, the advertisement of a new car is inserted in the inner position of the news article reporting a car accident. Previous studies show that the attention degree and the impression degree of advertisements are in the trade-off relation. "

「許多網路使用者常會看到新聞網站上的廣告，故其佔有重要地位。由於新聞網站上的廣告為隨機插入，故廣告有時也會出現在負面新聞的版面上。舉例來說，新車廣告有可能會與交通事故的新聞報導放在一起。過去的研究顯示，廣告對讀者的吸引力，以及讓讀者留下印象的程度，有互相抵換的關係」

●照這種方式說明。這個部分可在時間的容許範圍內盡可能詳述，請自行調整長度。

4 目的（1頁）

講完研究背景之後，試著把自己的研究定位與原創性明確地說明清楚吧，使聽眾能將研究背景和研究目的連接起來。

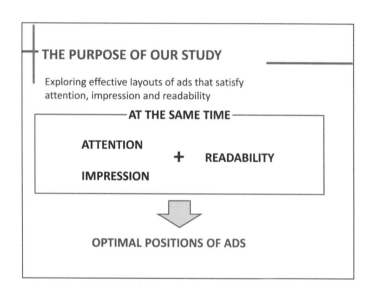

"In this study we explore the effective placement of ads in news websites, which simultaneously achieve high levels of attention, impression, and readability. We pursue this goal by conducting experiments in which participants view a variety of page layouts of news websites. The results of the experiments are analyzed from the viewpoint of multi-objective optimization."

「本研究的目的在於探究新聞網站上的最佳廣告配置，同時達到吸引力高、使讀者留下好印象、容易理解的廣告配置。為達到這個目的，我們在實驗中讓受試者進入不同的新聞網頁，看到不同的版面配置，再從多目標最佳化的角度分析實驗結果。」

●已有概念的聽眾，和完全沒概念的聽眾，在聽完說明後對研究目的的理解程度會有所差異。故請提醒自己講到研究目的時，一定要講得簡單易懂。

5 研究方法（實驗概要）（4～5頁）*這裡只舉例說明其中1頁。

利用實驗時的照片或示意圖，說明實驗如何進行。試著讓觀眾能藉由這些內容想像實驗過程。

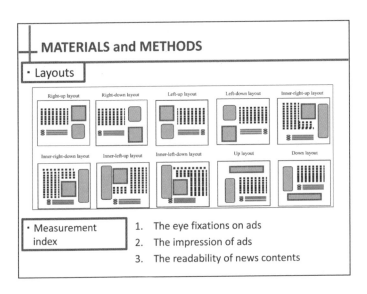

"The participants of the experiments viewed various types of news website samples in which ads are positioned in various layouts. Through these experiments, we measured the eye fixations on the ads, the impression of the ads in relation to the negatives news articles, and the readability of the news content. The layouts employed in the experiments were the ten patterns as shown in this Figure.

「受試者會看到許多種廣告位置不同的新聞網站。實驗時，我們會測定受試者的視線停留在廣告上的時間、看到廣告與和其相關的負面新聞報導時留下的印象、以及對新聞報導的理解程度。實驗所使用的 10 種版面配置如圖所示。」

●講到「視線停留」、「印象」、「理解程度」等測定項目時，可用雷射筆等工具於投影幕上指出位置。此外，當講到類似「如圖所示」等，提及圖表的時候，請用雷射筆指出圖的位置。

⑥ 結果與討論（4～5頁）＊這裡只舉例說明其中1頁。

客觀列出實驗結果，不要加入自己的主觀意見。將圖、表、數值資料、分析結果等整理清楚，以容易理解的型式呈現出來。

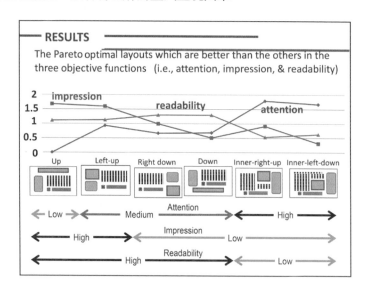

"We explored the Pareto optimal solutions which are better solutions than the others in the three objective functions. The characteristics of these six types of web layouts are summarized in this graph.

（說明到這裡時指向圖表。）

Up layout:（指向最左邊「於網頁上方配置廣告」的組別，並由此開始說明。）

This layout provides a high impression level and a relatively high level of readability. However, the attention level is low because the ad located at the up position is not frequently viewed by users."

「我們以這三個目標作為基準，尋找能同時在這三個目標上表現良好的帕雷托最適解。這張圖中列出了其中6種廣告配置的特徵。

於網頁上方配置廣告：

這種配置方式讓讀者對新聞內容的印象與理解程度較高，但由於配置在網頁上方的廣告不容易被讀者看到，所以吸引力較差。」

●像這樣，一一將實驗結果說明清楚就可以了。記得在說明的同時，也要指向投影片中正在說明的內容喔。

7 結論（1頁）

簡潔說明這次研究所得到的重要結果。

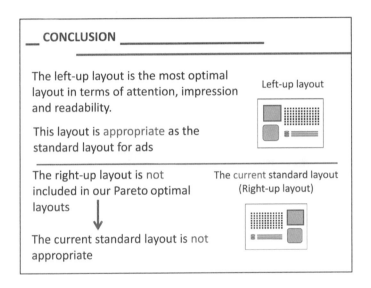

"As a result of the analyses, we found the six optimal layouts of the ads. Our results show that that the left-up layout is the most optimal layout in terms of attention, impression, and readability. Our results also suggest that the right-up layout, which is the current standard layout, is not a good layout when ads are inserted into negative news articles."

「由分析結果可發現，共有 6 種相對較好的廣告配置方式。其中，於左上方配置廣告時，吸引力、印象及理解程度皆有很好的表現，為最佳廣告配置。另一方面，現在常將廣告配置在網頁右上。實驗結果顯示，若網頁新聞為負面的報導，則將廣告配置在右上並不是個好的配置方式。」

●除此之外，還有許多簡潔有力的方式可以呈現結果，如將重要結果一一條列出來。可試著思考該用哪種方式呈現自己的研究結果會比較有效率。

8 未來展望（1頁）

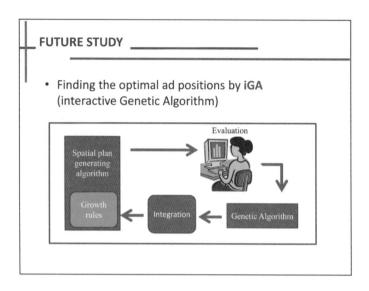

"In our near future work we will explore optimal positions of ads on web sites by utilizing the Pareto front solutions through Interactive Genetic Algorithm. We want to propose interactive genetic algorithm to generate the most optimal website layouts."

「未來我們將使用互動式基因演算法計算帕雷托最適解，以探究適當的廣告配置方式。我們希望能提出一套以互動式基因演算法找出最佳的網站廣告配置。」

●這裡提出的是未來可深入進行的研究，所以不需要詳細描述。請試著用能吸引聽眾目光的關鍵字，說明未來的研究方向，以提升聽眾對這項研究的期待。

只要勤加練習，就能加強口頭報告的能力。請一直練習到就算因緊張而頭腦一片空白時，也能流暢報告的程度。由於本書的目的在於說明英文論文的閱讀方法與書寫方法，故未詳細說明口頭報告結束後回答問題的部分。

為了能聽懂詢問者說的英文，需要一定程度的英文聽力。就像本書一開始所提到的，只要將數個單字連接起來，大概就能猜到整句話想表達的意思，同樣的方法在這裡也適用。請在對方發問時，先弄清楚對方的問題和投影片中的哪一頁有關，冷靜下來把投影片跳到那一頁，以投影片的內容為基礎，試著與詢問者對談，不知不覺中，問答時間就結束了。

幾個月後——

要用英文把論文重寫一遍嗎…

當然囉!

咦!

嗚——

這種事我做不到啦…

本來以為成為研究生後終於能一頭鑽進研究工作的說…

…真讓人憂鬱。

止沙同學加油喔!

新碩一生

喀啦

你去美國的研究室,幫了博井同學不少忙吧?

是碩一就略有小成,到國外後也備受矚目的學姊,我憧憬的對象!

呀——

那裡怎麼樣呢?

大家好,我從美國回來了!

江本里奈學姊!

博井學姊在那裡很活躍喔!

不愧是學姊♪

不過查達同學就更厲害了!

嗯嗯

參考文獻

第 1 章　英文學術論文的閱讀①　抓住實字，掌握概要

· Saki Iiba, Tetsuaki Nakamura, and Maki Sakamoto: Color Recommendation for Text Based on Colors Associated with Words, Journal of the Korea Industrial Information System Research, 17(1), 21-29 (2012)

第 2 章　英文學術論文的閱讀②　不需逐字逐句閱讀

· Noriyuki Muramatsu, Keiki Takadama, Hiroyuki Sato, and Maki Sakamoto: Layout Optimization of Advertisements on News Websites, Proceedings of International Workshop on Modern Science and Technology 2012 (IWMST2012), 384-389 (2012)

第 3 章　英文論文下筆前的準備

· Noriyuki Muramatsu, Keiki Takadama, Hiroyuki Sato, and Maki Sakamoto: Layout Optimization of Advertisements on News Websites, Proceedings of International Workshop on Modern Science and Technology 2012 (IWMST2012), 384-389 (2012)

第 4 章　用國中程度的英文文法，寫英文學術論文

· 佐藤洋一「技術英語の正しい書き方」オーム社（2003）

第 5 章　英文論文的範本格式

第 6 章　英文學術論文的調整與修飾

· Tetsuaki Nakamura, Maki Sakamoto, and Akira Uts umi: The Role of Event Knowledge in Comprehending Synesthetic Metaphors, Proceedings of the 32nd Annual Meeting of the Cognitive Science Society (CogSci2010), 1898-1903 (2010)

· Junji Watanabe, Yuuka Utsunomiya, Hiroya Tsukurimichi, and Maki Sakamoto: Relationship between Phonemes and Tactile-emotional Evaluations in Japanese Sound Symbolic Words, Proceedings of the 34th Annual Meeting of the Cognitive Science Society (CogSci2012), 2517-2522 (2012)

第 7 章　國際會議發表前的準備

· Noriyuki Muramatsu, Keiki Takadama, and Maki Sakamoto: Optimal Positions of Advertisements on News Websites Focusing on Three Conflicting Objectives, Proceedings of the IADIS International Conference Interfaces and Human Computer Interaction 2011, 394-398 (2011)

索引

國家圖書館出版品預行編目（CIP）資料

世界第一簡單英文論文寫作／坂本真樹作；深森
あき作畫；陳朕疆譯. -- 初版. -- 新北市：世茂，
2017.09
　　面；　公分. --（科學視界 ；211）

　　ISBN 978-986-94805-8-1（平裝）

　　1. 英語　2. 論文寫作法　3. 漫畫

805.175　　　　　　　　　　　106012047

科學視界 211

世界第一簡單英文論文寫作

作　　者／坂本真樹
譯　　者／陳朕疆
審　　訂／廖柏森
主　　編／陳文君
責任編輯／曾沛琳
出 版 者／世茂出版有限公司
地　　址／（231）新北市新店區民生路 19 號 5 樓
電　　話／（02）2218-3277
傳　　真／（02）2218-3239（訂書專線）
　　　　　（02）2218-7539
劃撥帳號／19911841
戶　　名／世茂出版有限公司
世茂官網／www.coolbooks.com.tw
排版製版／辰皓國際出版製作有限公司
印　　刷／世和彩色印刷股份有限公司
初版一刷／2017 年 12 月
　　二刷／2019 年 4 月

Ｉ Ｓ Ｂ Ｎ／978-986-94805-8-1
定　　價／300 元

Original Japanese language edition
Manga de wakaru Gijutsu Eigo
by Maki Sakomoto and TREND-PRO
Copyright © Maki Sakomoto and TREND-PRO 2016
Traditional Chinese translation rights in complex characters arranged with Ohmsha, Ltd.
Through Japan UNI Agency, Inc., Tokyo